帝都の鶴 二
小さな幽霊と微笑みの嘘

崎浦和希

富士見Ｌ文庫

目次
Contents

序章　雛鳥

　ていねいに梳いた黒髪に、繊細なレースの青いリボンをかけて飾る。

　色には取り合わせがあるというけれど、混じりけのない漆黒の髪には、どんな色でもよく馴染む。色や柄によって印象が変わって見えるから、毎朝、彼女の髪に飾るリボンを選ぶのは、楽しいひとときであった。

　いっぽうで、自分は何かを飾りたてて華やかになるさまを好むたちだと思っていたのに、ここのところは、少しだけ残念な気持ちを自覚している。

　結んだリボンの上にそっと触れて、髪を整えるふりをしながら彼女の後頭部を指でたどると、丸くかたちよい輪郭が感じられた。

「秋人さま？」

　リボンを結び終えても離れないのを不思議に思ったのだろう。頭は動かさないまま、控えめに名前を呼ぶところから、気遣いと、緊張が伝わってくる。

　秋人は下心を隠す子どものような気分になりつつ、手を退けて背もたれのない椅子に座る少女の正面に回った。

目を合わせて屈むと、つややかな黒い瞳が遠慮がちに見上げてくる。

美しい少女だった。よく躾けられたと見受けられる立ち居振る舞いも相まって、高貴な家の娘であることがひと目でわかる。やや内気な性格のためか伏し目がちにしていることが多く、そのさまは物憂げで、ときには神秘的にさえ映るほどだ。女学校でも友人がいなかったというが、そんな様子で黙って席についていたのなら、彼女と同級の年端もいかぬ少女たちでは気後れしたのだろう。

「鶴、可愛いね」

その少女に、秋人はいつも「可愛い」と声をかける。

彼女を『美しい』と称賛する者はいくらでもいるに違いない。当然だ。見ればわかる。けれど『可愛い』と言えるのは——少なくとも、本当の彼女の可愛さを知ることができるのは、彼女に心を許されたもののみだと思っていた。

「秋人さまが選んでくださったリボン、ちゃんと、わたしに似合いますか？」

「とってもね。でも、リボンを選んだ自分の目が確かなのか、鶴がもとから可愛いからなんでも似合ってしまうのか、そこがわからないんだ」

「…………」

本心ではあるが、軽口であるものを、受け流せずに黙り込んでしまういとけなさ。

気品ある整った顔立ちゆえに、彼女をよく知らない者なら機嫌を損ねたかと狼狽えるかもしれない。だが秋人には、はにかんでいるだけだとわかる。いじらしくてつい頬を緩めると、鶴はつられて固いつぼみがほころぶように微笑んだ。

「鶴は、このリボンの色は好きかい？」

「はい。前に、秋人さまに連れていっていただいた海の色みたいで」

鶴は、夢見るように目を細めて言った。

秋人が連れていったのは、自社の貿易船が出入りする港町だ。賑わいはあるが、とりたてて風光明媚という場所ではない。

それなのに、彼女が思い起こす海は、いったいどれほど美しいのだろう。

「鶴がそう言うと、ものすごく特別な場所みたいだ」

意外なことを言われた、というふうに、鶴がきょとんとする。その混じりけのない漆黒の瞳は、秋人とは異なる景色を見る。

「鶴の見ている世界が、俺にも見えたらいいのに」

「わたしの、とは、あの……あやかしや、幽霊や、そういう……？」

鶴は、普通の人には見えない姿、聞こえない音を見聞きする。その特異な感覚を、ひた隠しにして生きてきたという彼女は、躊躇いを消せない細い声で訊き返してきた。秋人としては、人ならざるもののみならず、彼女の清い目に映るものすべてが何か素晴らしいものに思えるのだが、今はそれを説くより不安を消してやりたかった。

「そうだね。同じ景色を見て、鶴の大切なものを、俺も知りたいな」

秋人の言葉で、鶴の表情が緩んでいく。それを見て、彼女には悟られないよう微笑んだまま、内心ではほっとしていた。

秋人は、交渉ごとの多い仕事柄、自分の言動が人からどのように見えるかを、考慮したうえで振る舞うのが習慣づいている。

鶴に対しても同じだ。恩人の愛娘（まなむすめ）であるし、歳（とし）の離れた少女にとって、安心して頼れるおとなであるように、出会ったときから気をつけてきた。そうできるのが、自分が婚約者に選ばれた理由で、彼女にとっての価値だと思う。

「そういうふうに言ってくれるひとが、いるなんて……」

秋人にしてみれば、相手のことを知りたいというのは、ありふれた、当たり前の欲求である。その、ほんの少しのことに感激するくらい、鶴はまだ人との触れ合いを知らない。

秋人にも、それほどまでまっさらなひとを、相手にした経験はなかった。

だからこそ、鶴と、そして何より自分自身の心のうごきを慎重に推し量って、言葉や行動を加減している。

「時々、うちでも何かと話をしているよね。あれは？」

「えっ……ええと」

一瞬目を丸くした鶴の肩に力が入り、視線が泳ぐ。先日、おそるおそるといったていで、

「無害な友だから屋敷の敷地内に入れてもいいか」ということを尋ねてきたのに、彼らとの交流に気づかれていないと思っていたのだろうか。

「きのうも、俺が薔薇の世話をしていたとき、鶴が庭の隅っこのほうへ行っていたことがあったろう」

秋人がそれに気づいたのは、きのうが初めてではなかった。快適に暮らせているなら鶴が何をしてもかまわないと思っているものの、気にしているのには理由がある。

盗み聞きをする趣味はなくはっきりと聞いていないが、どうやら人ならざるものを相手にするときの鶴は、普段、秋人の前で見せている振る舞いとはずいぶん違うようなのだ。咎めるつもりはないけれど、気安いさまであったので、うらやましくは思っていた。

「えっと、あの子たちは……白い、ふわふわ……」

「柔らかいの？」

「柔らか……もわもわ、かも、しれません」

鶴の小さな手のひらが、丼くらいの大きさの円を描いた。なんとなく、毛足の長い毛玉のようなものを想像できる。

「それは触り心地がよさそうだ。俺にも触れたらいいのに」

「…………」

「ちょっとしたわがままだから、鶴がそんなに悲しい顔をしないで」

真面目で心優しい鶴は、ふとしたことを真に受けすぎるきらいがあった。元気をなくしてしまった頬に触れ、視線を上げさせる。憂いを帯びた面差しでひたむきに見上げられるのは、心臓をくすぐられるかのようだった。

いつか、もしも彼女が秋人の軽口に慣れたら、こんなふうに純真なさまも失われてしまうのかもしれない。世慣れするというのは、このあまりに清らかな少女にとって必要なことなのだろうが、秋人にはもったいなく思えるのだ。

生のままで美しく愛らしいものを、無駄に彩る無粋さは、秋人の好みではない。

「俺には鶴がいてくれるだけで十分。俺にわからないものは、きみの友だちのことだけじゃなくても、鶴が教えて」

言葉の意味を教えるように、ゆっくりとその髪から額、こめかみ、頬へ、指先でかたちを辿りながら触れてゆく。恥じらいはあるようだが、それ以上の抵抗はなく秋人の手を受け入れるさまに、かわいらしく温かな気持ちを抱き、その直前を、灼けるような焦燥がよぎる。

まだ十六の少女だ。女学校の卒業を来年の春に控えてはいるが、花の盛りはこれからだろう。

秋人は今のままの鶴を可愛く思っているけれど、人は、変わってゆくことを避けられない。人形じみていた少女が柔らかに微笑むようになるまでの変化を知る秋人にとって、鶴のこれからも楽しみではあった。

「秋人さまにわからないものなんて、あまり無いように思えます」

「さすがにそんなことはないよ」

「秋人さまに、わたしが教えて差し上げられるようなもの……？」

「ゆっくりでいいから、探してきて。きっとたくさんあるはずだから」

期限を決めない未来の約束。ゆっくりでいいと言うのは、何も鶴のためだけではない。人に言えない力のせいで縮こまって生きてきたものの、鶴は本来、賢く、また妙な肝の据わりかたをした子だと、秋人は感じている。普段は内気であるのに、時には秋人を驚かせるような度胸を見せることもあり、先の予想がつかない少女だった。

今の鶴は、自分の美しさや賢さについて、考えることもないだろう。でもいつかそれに気づいたとき、その視線がどこへ向かうのかは、秋人にも計り知れない。

「それがあるかはわからないけれど……、見つけたら、一番に秋人さまにお伝えします」

「うん。楽しみにしているね」

微笑みかけると、応えるように可愛らしい笑みを返してくれる。たったそれだけのことでも、柔らかな光となって、心を温める。

この少女が、その名の通り、遥(はる)か遠くへだって行けるような自由さを知ったのちも、自分のそばへ留まっているという確信は持てなかった。その時が来た際、引き留めるための確かな何かを、秋人は持ち合わせていないのだ。

婚約という契約が、彼女と自分を出会わせ、今も繋いでいる。

それは金のためと思わせておきながら、彼女をこよなく愛する父親が仕掛けた、彼女が不自由なく暮らせるようにするための、秋人と彼女の父親とのあいだの約束事だった。秋人に利がないわけではなかったが、当初、秋人は彼女の父に世話になった恩返しのつもりで引き受けた。

かつての己の軽薄さが、今、少しずつ秋人を追いつめようとする。

はじめから、もっと都合のよい条件をつけていたら。鶴が自由を望んだとき、制約になるような決めごとがあれば。

そういうふうに考えるたび、打算的な思考が彼女を汚すように思われて、心の奥底へ押し戻すことを繰り返していた。

そもそも、条件をつけて縛り付けようなどという手段は、鶴を相手にしてはふさわしくない。彼女ほど汚れない心は今さら持ちようがないけれど、誠実に向き合うのでなければ、きっと幸せにはしてやれない。

「そろそろ出かけようか」

「はい」

椅子から立ち上がった鶴の動きに応じて、秋人が結った青いリボンが揺れる。無粋なようでも、これくらいは許されたいと思った。

手を差し出せば、当たり前のように取ってくれる鶴の小さな手のひらを、秋人は、決して傷つけないよう柔らかく握って、ゆっくりと引き寄せる。

「今日行く植物博物館に、鶴の好きな花が、たくさん見つかるといいな」

「秋人さまがおっしゃるなら、きっと……」

ほんのり頬を染めて見上げてくる彼女の、期待に応えられる人間であるように。

自分を戒めつつも、顔がほころぶのはつくりものではなく、鶴の微笑みに惹かれてのことだというのは、自覚できるものだった。

第一章　夏の暑さと違う熱

「えーッ、結婚が決まったの⁉　本当に⁉　おめでとう！」

級友のうわずった声に、鶴は思わずお弁当箱を取り落としそうになった。あわてて持ち直し、そっと机に置く。顔を上げると、昼休みになり、教室の机を寄せて輪になった友人たちが、揃って目を輝かせていた。

「そうなの。つい、先日」

頰を染めてはにかみながら、微笑みを隠せない様子で答えたのは、女ながら、大学へ行って医者になりたいと言っていた孝子だ。幸せそうなのがひと目で見て取れる。友人たちは自分のことのように手を取り合って笑いあい、鶴も喜ばしいと思いつつ、孝子の夢はどうなったのだろう、と、尋ねる間合いをはかっていた。

「宮内省にお許しいただけるか、少しだけ不安だったのだけれど、熱意で通していただいたみたい」

「そういえば、貴族のおうちって、結婚に許可がいるんだったかしら？　難しいわね……」

輪の中でもひときわ華やかな少女が、やや気遣わしげに言った。

いつも流行りの最先端を行き、気さくで朗らか、女学校でも学年を問わず多くの生徒から慕われている彼女は、鶴に初めてできた人間の友人である。名を駒子といい、その名のためではないだろうが、大きな瞳は潑剌としていながらも、馬の目のように優しい。

「ええ。私の父が、宮内省で、その承認にかかわる部局に勤めているわ。お孝さんの縁談にも、かかわっていたと思う」

駒子の疑問を、おっとりとしておとなびた少女が受けた。彼女は、少女たちの目まぐるしい話しぶりに置き去りにされがちな鶴を、よく助けてくれる。鶴と同じ貴族、近藤家の娘で、陽子という。

「それ、やっぱり、許可されない場合ってあるの？」

そう尋ねるのは、帝都の有名な薬問屋の娘だ。陽子は、彼女へ浅くうなずいてみせた。

「詳しくは知らないのだけれど、あるみたい。いろいろ、釣り合いがとれないとか……。品格を保つのも、私たちのつとめとされているから」

鶴の通う女学校は、鶴や陽子のような貴族の娘と、駒子をはじめ、商家などの平民でも裕福な家の娘、どちらへも門戸を開いている。学校の外では家のしがらみに縛られもする貴族の娘であっても、教室での付き合いは自由だ。

貴族のしきたりや考え方が平民の娘に通じないことはあるけれど、たいした問題ではない。

駒子は、「大変ねぇ」と短く話を締め、孝子に顔を向けた。

「本当におめでとう。それで、お相手はどんなかたなの？」

輪になった級友たちがいっせいに孝子を見る。ふだんから、小説から噂まで、恋の話を大そう好む少女たちが、この機会を逃すはずはない。

「お孝さんの幼なじみなのよね？」

「そこまでではないわ。お兄さまの同級のかたで、小さいころに少しお話ししたことがあったくらいよ」

そういうふうに言うわりには、孝子は嬉しそうだった。親しくもない相手でも嬉しいものなのだろうか、と、鶴は少し塩気が強めの茄子の煮浸しを口に入れながら、内心で首をかしげる。

七月も半ば、外は太陽が絶好調で、教室にいても暑さから逃れられないこの頃では、濃い味付けのおかずがやけにおいしい。鶴にお弁当を作ってくれたひとは、汗をかく夏は味の濃いものをおいしく感じやすいだけでなく、塩を多めにしておくと、食べ物が傷みにくくなるのだと言っていた。

「でも、お相手のかたは、お孝さんを見初められたのでしょ。熱心に求婚なさったって、噂があったわよ」

「……どうかしら」

冷やかされた孝子は照れて、逃げるように誤魔化した。彼女の逸らした視線が、孝子をじっと見ていた鶴の目と合う。

「お鶴さん、どうしたの？」

「……あの……。大学に行きたいって、言ってたの、どうなったのかな、って……」

もしも嫌なことだったらどうしよう、と不安になりつつ、孝子が憂いもなく幸せそうだったから、思い切って訊いてみた。少し前の鶴なら、不安が勝って口ごもることも多かったけれど、最近は怖い気持ちが薄れてきている。会話の苦手な鶴のことを、みなが気にかけてくれたおかげだ。

「まあ、それを気にしてくれていたの？」

孝子はよりいっそう嬉しそうに目尻を下げて、鶴に微笑みかけた。それなのに、「実はね」と言いかけて、ますます頬を赤くし、軽くうつむいてしまう。

そんな孝子の代わりに、別の少女がはしゃいで身を乗り出した。

「大学に通ってもいいって、だから自分と結婚してくれって、おっしゃったのよね、そのかた」

「ちょっと、もう、お春さん」

恥ずかしそうでも、孝子から微笑みが消えることはなかった。

お春さんと呼ばれた少女の本来の名は春子(はるこ)で、彼女もまた貴族の娘だ。女学校では、互いの名前を少し古風に呼び合うのが流行っていて、『お駒さん』になってしまう駒子以外、愛称が使われている。

別の少女が先ほど口にしたような、お相手が幼なじみである情報や、春子が詳細を知っていることから、貴族のあいだでは先に噂が回っていたらしい。鶴は貴族の集まりに顔を出したことがないので、そのあたりの繋がりを持っていない。

「よかった……」

「ありがとう、お鶴さん」

「ううん。おめでとうございます、孝子さん」

「そんなに改まらないでいいのよ。ね、私、きっと医者になるから、お鶴さんも頼りにしてね」

「うん。がんばって」

鶴が思いを込めてうなずくと、様子を見ていた駒子がくすくす笑う。

「なんだか、お鶴ちゃんが、自分の結婚が決まったみたいに嬉しそうね」

「じっ……!? ぶんの、じゃなくて、孝子さんが夢を叶(かな)えられるって、とっても嬉しいもの」

ある人が思い浮かんでつい声がひっくり返り、それを慌てて抑えて、鶴は心から言う。

あまり人には言えないけれど、鶴には大事な願いがある。

ひとつは、ここにいる少女たちが、新しくなってゆく世界を、幸せに生きてゆけること。

そしてもうひとつが、変わりゆく帝都で、この街や、国の発展にともなって、古いものとして忘れ去られようとしているもの――人ならざるものたちの存在を、どうか無かったことにしないでほしいということ。

帝都の変化は、大学という新たな進路のように、今までにない道を与えてくれた。いっぽうで、同じ変化のなか、鶴の大事な友だち、ほかの人には見聞きできない人ならざるものは、非科学的だと否定されかけている。

矛盾するような願いの、どちらも叶ってほしい。欲張りなことと自分でも思うが、どうしても諦められない。今の鶴は、そのためにできることを、探しはじめたばかりだ。

「大学へ行く前に結婚するの？」

「ええ。入学してしまったら、時機を計りづらいから。夏休みに結納（ゆいのう）を済ませて、卒業したら結婚式を挙げる予定よ。招待するから、みなさん、ぜひいらしてね」

「え!?」

ちょうど茄子の塩気をやわらげるような甘い卵焼きを飲み込んだ鶴は、思わず声を上げてしまった。級友たちの顔が、今度は鶴に向く。

「どうしたの？」

「夏休みに、結納？　もうすぐ……ってこと？」

女学校は、七月の下旬、つまり、もうあと半月ほどで夏休みに入る。休みは一ヶ月ちょっとあるとはいえ、鶴にとっては、結納の日取りがあまりに早いように思われた。それなのに、級友たちは不思議そうな顔で鶴を見る。

「そうよ。だって私たち、夏休みがあけて秋学期、そうしたらお正月休みまでたった三ヶ月で、そのあと、次の三月には卒業なのよ？　婚約者がいるなら、卒業したら結婚するものじゃないかしら」

「卒業を待たずに結婚して退学なさるかたもいらっしゃるくらいよ」

「………」

鶴とて、長期休みがあけるごとに空席ができる意味を、知らないわけではなかった。でも、現実味もなかったのだ。

「そういうお鶴さんは、どう？　蔵橋（くらはし）のおうちともなれば、お相手はもう決まっているか、探しているのではないの？」

「わたしの家なら？」

「だって、お鶴ちゃんのおうちって……」

級友が何か言いかけたところで、午後の授業を知らせる予鈴が鳴った。少女たちは話を切り上げ、めいめい席に戻っていく。

鶴は、話をするのに集中していたせいで残ったおかずを、急いで口に入れた。友人の言いかけた先は気になるが、授業をきちんと聞かないと、明日からは期末試験が始まる。

「ねえ、お鶴ちゃん。大丈夫？」

「えっと、うん」

鶴の前の席の駒子は、潜めた声で、そっと鶴を振り返った。

「……そう。お手紙のかたと、うまくいくといいわね」

鶴は、そろそろ彼女の誤解を解かなければと思いつつも、うまく言えずにいる。

先生が入ってきて係の子が号令をかけるのに従いながら、鶴の頭にはさっきからずっと、ひとりの男のひとが浮かんでいた。

駒子は、鶴に婚約者がいて、それとはべつの相手と想いを交わしているのだと思っている。以前、彼女に自分の書く字がみっともなくないかを相談したことで、鶴が、その人と秘密の手紙を送りあっているものと思われているのだ。

そうではなかった。

鶴にはたしかに婚約者がいる。そのひとは、級友たちのあいだで、『よくわからないひと』『不思議なひと』として話にのぼることもあった。貴族ではないが、複数の会社を経営していて、駒子やこの学校の平民の娘たちも属する新興富裕層のパーティなどには、たまに顔を出していたらしい。

けれど誰とも深い交友関係はもたず、だから特に少女たちからは、先の印象になっていたようだ。

いろいろと噂はされていると聞くが、そのひとの本当のところを、鶴は近くにいて知っていた。

花を育てるのと、料理がとてもじょうずで、いつも穏やかに鶴を見守ってくれている、遥(はる)か遠い空か、広く深い海のように優しい心をもつひと。鶴のお弁当も、そのひとの手作りだ。

彼はとある事情で、今年の春に鶴と婚約するまで、広い洋館にたったひとりで暮らしていた。

そのひとと婚約していることを、鶴は、友人たちの誰にも、いまだ打ち明けられていない。

(夏休みにはもう結納……卒業したら結婚……)

そして孝子の急展開にも思える縁談事情を聞いて、この日の午後、鶴の頭は、その彼のことでいっぱいになった。

春に婚約者と会って以降、鶴は、住まいを実家から彼のもとへ移している。

初めは洋風の造りに戸惑ったものの、今ではすっかり慣れて、居心地のよい我が家となっていた。鶴が心地よく過ごせるのも、鶴の婚約者であるこの家のあるじが、細やかに気を配ってくれたからだ。

洋館にふさわしく曲線の優美な鉄の門を押し開けて、玄関までの石畳のアプローチを歩いていけば、袴(はかま)に合わせた通学用のブーツがこつこつ鳴る。靴の鳴らす音は、学校や街中の道でそれぞれ少しずつ違っていて、最近の鶴はこの石畳の音を聞くと、うちの音だ、と思う。

石畳の左右、そして洋館を囲む庭には、たくさんの薔薇(ばら)が植えられている。六月ごろまで、春の開花時期を迎えてそれはもう華やかだった。今は二番花も見えるものの、多くの株が花期を終え葉を茂らせて、白い洋館を濃い緑が包んでいるかのようだ。

玄関の鍵を開け、鶴には少し重い扉を開けて洋館の中へ入ると、室内はいくらかひんやりしていた。使用人をひとりも雇っていない広い家はしんとして静かだけれど、安心できる場所だと知っているからか、嫌な静けさではない。

婚約者の言いつけ通り内側から鍵をかけて、書庫へと足を向ける。

女学校から帰宅して、婚約者が仕事から帰ってくるまでのあいだ、鶴は書庫の窓ぎわにあるソファセットで、学校の課題を片づけたり、本を読んだりして過ごしていた。日当たりのよいその場所は、冬から春にかけてはあたたかく快適だったが、夏になると日差しが厳しくなって、居着いていると焦げそうになる。鶴の婚約者は、大きなガラス窓に光が透けるほど薄い絹のカーテンを取り付けて、鶴がうっかりうたた寝をしても日に焼けてしまわないようにしてくれた。

窓に合わせた大きなカーテンはきっと高価だろうに、彼はそんなことを気にしない。ただ懐に余裕があるというだけではなく、高価なものでも手作りのお弁当でも、そしてあたたかな居場所まで、鶴のためにたくさん、心を砕いてくれていた。

鶴も、彼のために何かをしたいとは思っているけれど、裁縫ひとつ満足な技量を持たず、貴族の娘としては呆(あき)れるほど出来の悪い鶴では、彼の役に立つことなどほとんどないのが現状だった。

婚約した当初は、彼の特殊な事情に鶴が手助けできることもあったが、問題が解決した今となっては、鶴の力は必要とされていない。

「……秋人さまって、わたしと結婚する意味、あるのかな……」

『また妙なことを』

書庫を目指しながら、誰もいない廊下で思わずつぶやくと、どこからともなく呆れたような声が返った。鶴は袖に触れ、そこに入れている懐刀のかたちを指先でなぞる。

刀は鶴の家に代々伝わってきた家宝、名を『真白(ましろ)』という。声の主はそこに封じられた式神だ。封印にともなって取り上げられたから、式神に名前はない。

「だって、シロちゃん……」

『お前がそうしたいと願うのなら、精進すればよいだけだ』

「わかっては、いるけど……」

名前のない式神を、鶴は『シロちゃん』と呼んでいる。人の姿を模して現れるとき、髪も目も美しい白銀色をしているからだ。シロちゃんは鶴が物心ついたときからともにいて、両親よりもずっと近しい家族だった。

落ち込んだ気持ちをうまく立て直せないまま、書庫の扉に手をかける。

こういうときに秋人(あきと)がいてくれたら、彼が鶴を見て、微笑(ほほえ)みかけてくれるだけで、心が明るくなるのに、と思う。彼の帰宅時間はその日の仕事量によってまちまちで、いつごろになるかがわかりにくい。少なくとも夕食には間に合うよう帰ってくるはずだから、待っていればいいだけだ、と自分に言い聞かせ、扉を開けた。

「おかえり、鶴」

「え!?」

「どうかした？」

「あっ、いいえ、ただいま、かえりました……」

たった今思い描いていたひとがそこにいて、鶴の心臓がちょっと跳ねた。いてくれて嬉(うれ)しいのと、なぜか、少しだけ気恥ずかしくて、あいさつの声が小さくなる。

「ここも涼しいとは言い難いが、外はもっと暑かったろう。今日は特に天気が良いし……鶴、焦げてない？」

「大丈夫です、……たぶん」

鶴は熱気で火照った頬を軽く手でおさえてみながら、秋人のいる窓辺のソファに歩み寄った。

「焦げてはいないけれど、頬が桃みたいになっているね」

近づいてきた鶴を見、秋人が目を細めてゆったりと笑う。

薄いシャツのみを着ている秋人は、暑いからか、襟のボタンをいくつか外していた。それでも彼は端然として見え、だらしなくはならない。

少しくせのあるやわらかそうな黒髪や、光を吸い込んだかのように温かに見える黒い瞳も、堅苦しさはかけらもないのに、きっと誰もがひと目で、彼を洗練されたひとだとみなすだろう。

鶴はともに暮らして噂とは異なる彼のすがたを知っているが、『不思議なひと』という印象を抱かれるのも、わかる気がしている。

柊木秋人。

鶴の婚約者で、亡くなった父親の跡を継いで大きな商社などを取りまとめるかたわら、庭中で薔薇を育てたり、みずから市場に通って食材を選び、台所に立ったりと、鶴には予想もつかない暮らしを送るひとである。

「このところお忙しそうでしたから、今日も少し遅いお帰りになるのかと思っていました」

「寂しかった？」

「えっ⁉」

「フフ、冗談だよ」

秋人に手を伸べられて、鶴は鞄を足もとに置き、彼の手に右手を預け、その左隣にゆっくりと腰を下ろした。柔らかなソファは、秋人が隣にいると、鶴を少しだけ彼のほうに傾ける。体をまっすぐに戻しながら、鶴に触れていないほうの秋人の手に紙の束を見つけて、すぐに視線を外した。

「お仕事が残っていらっしゃるのでしたら、わたしは自分の部屋におりますが……」

「ああ、これは違うんだ」

秋人は持っていた紙束をソファの前のローテーブルに置き、代わりに魔法瓶を取って、グラスに水を注いだ。ローテーブルにはほかに、見慣れないきつね色の焼き菓子らしきものと、半分に割ったすいかくらいの大きさの、からくりの噴水盤が置いてある。容器に水を注ぐと、からくりの内部で空気と水が圧しあうはたらきで、上部から水が噴き出してくるものだ。その程度で部屋が涼しくなるわけはないけれど、目や耳には快い。

秋人が渡してくれたグラスからは、涼しげな薄荷の香りがした。

暑くてしかたのない季節を、秋人の気遣いが、少し楽しくする。鶴は、いつも鶴のことを思いやってくれる秋人をじっと見上げて、顔色に疲れが見えないかをうかがった。

「……お帰りが遅くても、わたしは大丈夫です。でも、秋人さまが無理をなさらないかが心配です」

鶴では頼りにならないから、秋人はきっと、具合が悪くても隠してしまう。自分の不甲斐(ふがい)なさが気にかかり、肩を落とす鶴の頭を、秋人が優しく撫(な)でてくれる。何かができるようになったわけではないのに、彼が触れてくれるだけで、心が軽くなったように感じられた。

秋人の手は、不思議だ。

「心配をかけたみたいで、ごめんね」

「いいえ……」

甘えてしまうのはよくないと思っても、気持ちが和らぐのはどうしようもない。

だからこそなおのこと鶴も秋人に何かをしてあげたいのに、何も思いつくものがないのがいっそうもどかしかった。

「帰るのが遅くなっていたのは、仕事じゃなくて、最近、友人たちと連絡を取っていたからなんだ。顔を見に行ったりもしていて」

秋人の報告は、鶴の気持ちを一気に明るくした。

「ご友人と、仲直りなさったんですね……！」

「俺より鶴のほうが嬉しそうだな」

「だって……きっと、誰も悪くなかったのに、秋人さまが独りになってしまったのは、悲しいことですし……」

ついはしゃいでしまったのが、少しあとになって急に恥ずかしくなり、声が小さくなる。

それでも嬉しい気持ちは消えずに、鶴に大切なことを思い出させた。

「秋人さまのおばあさまも、喜んでいらっしゃると思います」

「……そうだな」

秋人が窓のほうへ顔を向けるのにつられて、鶴も彼の視線を追った。まぶしい日差しを薄いカーテンが遮っているから、外の景色は見えないけれど、庭の光景はすぐに思い浮かべることができる。

温室もある広い庭は、どこもかしこも薔薇だらけだ。初めてこの家に来た日は、まだ三月の終わりごろで、棘（とげ）をむき出しにした薔薇にぞっとした。手入れをする秋人について回って、彼のことを知って、今では大切な花たちだ。

庭にはかつて、秋人の祖父母の結婚記念に植えられたという、ひときわ大きな薔薇の木があった。

「おばあさまがあんなことになったのは、俺が頼りなくて、心配をかけすぎたからだろうし、俺も、もっと頑張らないとな」

自分を責める秋人の言いように、鶴は首を振る。

「秋人さまや、おばあさまのせいではなく、大切なひとを思う気持ちが、あっただけです」

初めて会ったとき、秋人は自分のことを『呪われている』と言った。この屋敷では、たびたび人を傷つけるような事故が起こっていたからだ。でもそれは、秋人だけは狙わない。そのせいで秋人は、使用人も、友人も遠ざけ、長くひとりきりで暮らしていた。

けれど真実は、決して、誰かが彼を呪っているのではなかった。

屋敷に起こる不可解な出来事の原因は、薔薇に宿っていた秋人の祖母の思念だった。彼女は遠くの海で、船の事故により亡くなってしまったのだが、死の間際にひとり遺される秋人を強く思ったことで、魂の一部がここまで戻ってきた。ところが、その魂の依り代となった薔薇の木には、彼女がそれを長年世話するうち、多情だった夫へのやり切れない思いが移っていたのだ。

魂がこの世に留まること、心の一部がほかのものへ移ること。

人のことわりを超えるそれらは、人であった秋人の祖母には思い通りにできず、彼女の意思に反してこの屋敷に影響を及ぼし、秋人を独りにした。

「鶴がそういうふうに考えてくれたからこそ、俺がただ『呪い』と呼んで忌まわしく思ってしまっていたものの、本当のことを知ることができて、おばあさまも安心してあの世に行けたんじゃないかな」

秋人は、窓から鶴へと顔の向きを戻した。かつて、呪いのせいで翳ることもあったその瞳が、今は温かく穏やかであることに、鶴は自分までも安らかな心地になる。

問題の薔薇の木は、今はもう無い。意思を取り戻した秋人の祖母の魂は、最後に秋人と言葉を交わしたあと、この世から消えた。その後、枯れ木になった薔薇は念のために燃やして清め、今、その一画は空き地になっている。

そんな大切な場所に、秋人は、鶴の好きな花の種を植えよう、と言ってくれていた。その場所にやがて芽吹いて咲く花なら、鶴をとびきり喜ばせてくれるものがいい、と、さまざまな花を見せて、どれが好きかを尋ねる秋人の気持ちは、鶴にはまだうまく受け止められないほどで、本当に自分が受け取っていいのかと戸惑わせる。

「秋人さまが、わたしを信じてくださったから……。見えないものや、聞こえないもののことを、信じる人なんていないと思っていたわたしに、秋人さまなら、きっとわかってくれるのだと、思わせてくださったからこそです」

「鶴のことを初めてわかってあげられたのが、俺でよかった」

秋人が鶴の頬にそっと触れて、少し顔を上げさせる。そうしてまっすぐ視線を合わせた先で、彼は、鶴を見つめてひたすら優しく微笑んでいた。

「ほかの誰かに先を越されていたら、鶴はここにいなくて、俺はずっと独りだっただろうから」

「ほかのどなたか……なんて、きっといません」

秋人でないほかの誰かなど、鶴には想像もできない。想像しようとしても、顔も声も言葉も、すべて秋人のものが思い浮かんでしまう。

「可能性はあっただろう。もうなくなったけどね」

話をしているあいだ、秋人の目は、変わらないあたたかさで鶴だけを見ていた。深く黒い瞳で見つめられていれば、鶴だって、彼に嘘や軽い気持ちのないことがわかる。言葉の意味するところを、鶴に染み込ませようとするかのようだ。

「……秋人さまにお会いできて、本当に嬉しいです」

幸いなのは自分のほうだ、と鶴は思った。秋人こそ、ほかの可能性はいくらでもあるはずなのに、こうして鶴を見ていてくれる。そのまなざしも、鶴のための言葉も、優しい手も、彼のすべてが鶴の幸せをつのらせる。

あまりに都合がよく、このひとといずれ結婚してずっと一緒にいるなんて、いっときの夢ではないかとさえ思う。

卒業したら、結婚。

それは、鶴でもできることなのだろうか。

「鶴、どうしたの？　そんなに難しい顔して」

「あの、……いえ、少し、学校の友だちのこと、思い出して……」

わたしたち、本当に結婚するのですか、なんて、訊けるわけがない。

「学校で、何かあった？」

「いいえ、楽しく過ごしています。前よりも、ずっと」

秋人が心配そうに眉を寄せるので、鶴は急いで首を横に振った。父に言われるがまま通っていただけの学校で、最高学年に上がった今年の春、初めて友だちができた。それも、人と話をすることの大切さを教えてくれた秋人のおかげだ。

細やかに鶴を気遣い、面倒を見てくれる秋人に導かれて、鶴の過ごす世界は、今までと違ってきている。

「ならいいけれど。疲れたのかな。ちょうどいいや、これ、食べてごらん」

秋人はローテーブルに置いていた焼き菓子の皿を取り上げ、鶴に差し出した。

「前にいただいた、マドレーヌ……とは、違うものですね」

洋ものの白磁の皿に、お行儀よく長方形の菓子が載っている。滲み出すように香る甘い匂いは、それだけで魅惑的だ。

「粉が違うんだって。バターを贅沢に使って、それで金塊のかたちにしているらしいよ。遊び心だね」

鶴に、鶴の知らないものを食べさせてみようとするのは、秋人の趣味のひとつ、のようである。外国と行き来する船を持っている秋人は、外国人も多く居留する大きな港町にも足を運ぶためか、目新しいお菓子もよく知っていた。

「おいしい？」

「……はい」

お餅やお団子のたぐいなら、実家にいたときでもたまに口にしていた。外国から入ってきた調理法や食材で作られたお菓子は口あたりからまるで違っていて、口に入れて少しすると、ほどけるように消えてしまう。

「…………」

何か、おいしい以外にも感想を言わなければと思うのに、初めて食べるお菓子は、どう言い表せばいいのかわからないことが多い。手に持った焼き菓子と睨めっこしていると、細かく目が詰まってしっとりこがね色をした断面も美しく見え、洒落た舶来ものの風格を感じさせる。

慣れない味ではあるけれど、見ているだけでもなんだかおいしくて、秋人のくれた小さな菓子が、とても貴重なもののように思えた。

「……好きそう？」

「はい」

鶴が焼き菓子に目を凝らしたまま困っていたら、秋人が助けてくれた。

「好きです。……その、とても……」

本当は、ただの『好き』では足りない。その気持ちをどうしたらいいのかわからなかった。味にとどまらず、秋人の心遣いにも、伝えたいことはあるのに、表す言葉を見つけられない。

そういうふうに感じることも、その何かを誰かに伝えたいと思うことも、鶴には初めてだ。

せっかくの秋人の厚意に、『好き』のひと言では返せるものがあまりに少なくて、秋人はどう思っただろうと顔を上げると、鶴のつたない答えにもかかわらず、やけに嬉しそうにしていた。

「よかった。紅茶と合わせてもおいしいんだ。今度は茶葉も一緒に持ってくるね」

「……はい。楽しみに、しています」

そのへんの八百屋から葱を買ってくる、とでもいうように秋人が言うから、鶴も少々ぎこちないながらうなずいた。

具体的な値段は知らないが、焼き菓子も紅茶も、高価な代物だ。お金に困らないにしたって、鶴のためにそれを使うことが、彼にとって何になるのだろう、とは考えてしまう。

すると秋人が、まるで鶴の思いを読んだかのように言った。

「鶴の好きなもの、少しずつ増えていっているね。最近、仕事で扱うものや、街で何かを見かけて、これ、鶴はどう思うんだろうって考える。俺にも嬉しい変化だ」

「わたしが、どう思うか、ですか？」

「うん。俺にとってだけじゃなくて、鶴にとって楽しいものを探している。楽しみがふたりぶんあるなって」

「秋人さまは、何かに喜ぶのがお上手です」

「なんだいそれ」

秋人は可笑しそうに言い、口元に手を添えてまでくすくす笑った。そうやって笑えるくらい、彼にはなんでもないことなのかもしれないけれど、鶴はそれも秋人の凄いところだと思っている。

「わたしには、気づけないことが多くありますので」

「そうやって自分を顧みるのは、鶴のいいところだと思うよ」

「秋人さまって、すぐそんなふうに言う……。あっ！　申し訳ありません」

褒められたのを素直に受け止められず戸惑って、つい、思ったことが口からこぼれた。

はっと我に返ったとき、秋人は笑っていた。

「フフ……」

「なんで……わたし、失礼なことを……わあ!?」

呆然とする鶴の頭を、秋人が、先ほどとは違って大きく撫でた。手つきは優しくて痛みなどないけれど、結った髪が乱れるのはおかまいなしだ。

「あっ、秋人さま……！」

「リボンならあとで結びなおしてあげる。鶴がちょっと見かけとは違う子だってこと、知ってるよ」

「えっ……!?」

「でもいつも気を張って隠すから、少しは甘えてくれるようになったのかなって」

「えっ……え!?」

鶴は、気を抜くと言葉遣いが貴族の令嬢らしからぬものになってしまう。人の世の礼儀作法など関係のないシロちゃん相手ならばよくても、人には叱られるものと思っていた。それなのに秋人が嬉しそうで、どう受け止めたらいいのか、困ってしまう。

「秋人さまは、不快には思われないのですか」

「鶴の可愛いもの言いのこと？」

「か……。お行儀が、悪い、って……」

秋人の言いように、失態への落胆より、気恥ずかしさのほうが上回った鶴は、もそもそと呟くように言った。それにも、秋人は笑う。

「俺も一応、行儀の存在は知っているから、人前では、確かに気にしたほうがいいんだろう、と、思いはする」

「それなら……」

「だけど、俺は気にしない。それどころか、ほかの人には見せないところを、俺の前でなら見せてくれるって、そのくらい気を許してくれると思えて、嬉しいよ」

大丈夫、と言うように、秋人の指が鶴の唇を軽く撫でて、離れる。

「ねえ、鶴。俺は、俺のとなりが、鶴にとって安心できて、できればこの世で一番、居心地のいい場所であってほしいと思う。きみの欲しいもの、したいこと、行きたい場所、俺がぜんぶ叶えてあげたい」

「どうして……」

鶴には、それ以上の言葉が出なかった。自分には過ぎた優しさだと思った。

そこまで心を傾ける理由になるものを、鶴は持っていない。

秋人は鶴の戸惑いを見越していたかのように、穏やかに微笑んだ。

「今はよくわからなくても、俺にとって、鶴はそう思わせるほどなんだってことだけは、どうか憶えておいて」

自分はそんなに良いものではないと、鶴に言わせない確かさを、秋人の声は持っていた。

「鶴にはまだわからないものがあって、俺がそれを知っているのは、おかしなことではないだろう?」

「……はい」

それについては彼の言う通りだったから、鶴はどうにかうなずいた。そこにすかさず、秋人が鶴の気持ちを先回りするようなことを言う。

「俺はずっと鶴のそばにいるから、焦る必要もないよ。こう言っておかないと、きみは頑張ろうとして、うまくできないことに落ち込んでしまうよね」

乱した鶴の髪からリボンをほどき、撫でるように梳く秋人の指づかいは、声音と同じにとても優しかった。このことだけではなく、鶴がいつもうまくできないと落ち込んでしまうことのすべてについて言われているようにも思えてしまう。

「秋人さまが何でも許してくださるから、わたしは何もできないままでも、よくなってしまいそうです……」

「たとえ俺がそうだと言ったって、鶴がそれを良しとしないのを、俺は知っているんだよ」

それも彼の言う通りだった。鶴はほんの少しだけ、拗ねたような気持ちになって、微笑む秋人を見返す。

「わたしのこと、秋人さまは、何でもご存じみたい」

すると秋人は、くすくすと小さな声を上げて笑った。

「そうではないから、今日もひとつ、鶴に教えてほしいことがあるんだよ」

彼は明るくにこやかに言ったが、鶴の背は自然と伸びて、身構えた。そんな鶴へ、秋人が先ほどローテーブルに置いた書類を差し出してくる。印刷に、横から手書きで書き込みもされた書類は鶴にはなじみのないもので、自分が見てもよいか困惑していたところに、秋人は言った。

「新婚旅行、どこに行きたい？」

「……え？」

中途半端に差し出していた鶴の手に秋人が書類を載せる。だが、鶴は呆然と秋人を見上げていた。

「……しん、こん……りょ……こう？」

「そう。まだあまり広まってはいないよね。富裕層では、ここのところ、結婚の折に旅行に行くのが流行（はや）りつつあるんだ」

「……そう、ですか」

「それで、いずれもっとたくさんの人に流行るんじゃないかって、うちの会社で、旅行の手配を引き受ける事業を始めてみようと思っているんだけど」

「あ、なるほど……」

仕事の話か、と合点（がてん）がいって、鶴はやっと落ち着いた。

油断大敵である。

「その企画を考えているときに、そういえば鶴の行きたいところ、結局聞けていなかったなと思い出したんだ。ねえ、俺と鶴はどこに行こうか？」

「え……？」

鶴が手に載せたままだった書類を秋人が取り上げ、代わりに少し身を寄せて、鶴にも見えるように支え持った。

毎日薔薇(ばら)の世話をしている彼からは、いつも薔薇の香りがする。庭の花が盛りを過ぎたからこそ、秋人の纏(まと)う微(かす)かな香りが際立った。

「海？　山？　行きたいなら、外国にも行けるよう整えるよ」

反射的に目を落とした紙面には、地名や、その説明が書かれていて、そこに秋人の文字で注釈がつけられている。走り書きらしく、鶴が秋人と文通していた際に見た文字よりも、少しばかり乱れていた。

「え……っと」

秋人が言った、行きたいところを鶴から聞きそびれたというのは、おそらく初めて出会った日の出来事だ。家族としてともに暮らしてゆくから、鶴のことを知りたいと、秋人は鶴にさまざまなことを訊いた。当時の鶴は自分の好きなことひとつわからなくて、彼の問いにほとんど答えられなかった。

そのときの問いのひとつに、旅行に行くならどこがよいか、というものがあったことを、鶴は思い出した。

「秋人さま、本当によく憶えていらっしゃいますね」

「興味のあることは憶えやすいものだよ」

何でもないことのように秋人は言う。

「興味……」

彼にとって、自分は興味を持つことができるほどの存在であるらしい。何が彼にそう思わせるのかの心当たりはないというのに、胸のうちが、陽がさしたようにあたたかくなるのを感じた。

「鶴」

やわらかな笑いを含む声音で秋人が呼ぶ。引き寄せられるように鶴が顔を上げると、目を合わせた秋人はいっそう優しく微笑んで、少し懐かしい問いかけをした。

「好きなものは、何ですか」

それはこの家に来てまだ日が浅かったころ、秋人とうまく話ができずにいた鶴へと彼が手紙で尋ねてきた問いを、ひとまとめにしたものだった。

朝、仕事に出る前の秋人が、簡単な問いをひとつ書いた便せんを鶴に渡し、夜、夕食のあとに、鶴は答えを記したそれを秋人に返す。

一日にひとつずつを、毎日。

鶴が、秋人と初めて交わした約束事だ。

「わたしの、好きなものは……」

鶴は秋人の、黒い瞳を見上げながら口をひらいた。

彼の目は、陽の光を吸ってほんのり熱を宿す、あたたかそうな黒色をしている。見つめられていると、鶴は本当にその瞳に温められたかのように、ほんの少し、体温が上がる。

「薔薇のお花と、秋人さまの作ってくださるお料理や、甘いお菓子、大きな海、広いお空、それから、いただいた万年筆も……。それに……」

思い浮かぶものを順に口にしていって、途中で言葉に詰まった。

もっとたくさん、好きなものはあるはずなのに、うまくかたちにならない。

秋人がくれた薔薇の花々、甘い卵焼きと塩味の卵焼き、鶴のための小さなおむすび、連れて行ってもらった港町の景色、螺鈿細工の美しい万年筆、まだつたない鶴の話を聞いてくれる穏やかな時間、手を引いてくれる大きな手のひら、嬉しそうに、時には悪戯な少年みたいに笑う顔、柔らかな声、彼が鶴を呼ぶときの響き。

「それに……」

何と言い表せばいいのだろう。

どんな言葉でも、鶴の気持ちをあまさず伝えるには足りない気がした。

何も言えなくなってうつむく鶴の頬を、秋人が両手ですくってくれる。

「どうして悲しい顔をするの」

「今のわたしには、好きなものがたくさんあるのです」

「うん」

「その全部を言ってもすべてではないみたいで、どう言えば秋人さまに伝わるのかがわからなくて」

「フフ」

秋人はなぜか嬉しそうに笑って、鶴の頬を指先でくすぐるように撫でた。それは少し面映ゆく、そしてまた、秋人の弾んだ気持ちが伝わってくるようで、肌がそわそわする。

「鶴に、そんなにいっぱいの好きなものが見つかって、本当に嬉しいよ」

「秋人さまが教えてくださったから……。わたし、全部憶えています。本当です。それなのに何かが足りないようで、わたしの気持ちは、もっと……」

言葉が見つからず、伝えたい気持ちだけが募って焦る。そんな鶴を、秋人は微笑んで見ていた。

鶴が持て余した思いも、秋人の笑う顔や、細められた目の優しいまなざし、触れてくる指の肌ざわりを感じていれば、彼にはちゃんと伝わっているのではないかと思えてくる。

頬に添えられた秋人の手に、そうっと触れてみた。

触れあったときに温かさを分け与えてくれる手を、鶴はあまり知らない。

「そんなふうに笑っていらして、やっぱり秋人さまは、わたしが言えないことまで、わかっていらっしゃるのでしょう」

「何もかもというふうにはいかないけれどね。でも、鶴が言葉にできないくらい、俺があげたものや、一緒に過ごした時間を、大切に思ってくれているのは、わかるよ」

「わたしの気持ちなのに、わたしより秋人さまのほうが、上手に言葉にできるなんて」

変なの、という最後の呟きは、貴族の令嬢らしくないと思って、言葉にしなかった。それさえ秋人はわかったかのように唇をほころばせて笑みの吐息を逃がし、深めに身を屈めて、鶴の前髪の生えぎわあたりに額を寄せた。衝突を予期して、思わず目を閉じる。

硬いものが触れあう小さな衝撃を、鶴はどういうわけか、とても柔らかく感じた。

「前に、気持ちをきちんと伝えあうことを大切にしたいって言ったけれど……」

「それも、憶えています」

「うん。鶴はずっとがんばってくれているよね。俺はね、鶴がそうやって一生懸命になってくれることや、きみの表情、視線、声音や言葉づかい、仕草……きみの全部が、俺にきみのことを教えてくれているように思うんだ」

鶴はどう？　と秋人が訊く。ささやきは振動をともなって、鶴の耳だけでなく、彼と触れている頭や、間近に感じる呼吸や体温も、彼の言葉を運んできた。

「こうしている俺の額や指も、鶴に俺のことを教えてあげられているかな。鶴、今の俺の気持ちはわかる？」

「……。嬉しい、って」

「フフ。大正解」

少し身を起こして、秋人は離れていった。それを少し寂しいように思いながら目を開ける。いつも通りに戻って、ふと、先ほどまでの秋人があまりに近くにいたことを今さら思い知り、鶴の体は急に熱くなった。

息をのんで身を硬くした鶴の変化に、秋人はすぐに気づく。

「あれ、鶴、大丈夫？」

「はい……。たぶん、びっくり、しました……。今まであまり、人が近くにいたことがなかったから……」

体が熱を上げたのは、鶴の心臓が突然速く動くようになったからだ。鼓動の激しさで震えそうになるくらい、胸の真ん中が忙しい。

秋人は、やや目を丸くして興味深そうに鶴を眺め、何を思ったのか身を乗り出してきた。

「平気そうにしているなと思っていたら」

窓を背にする秋人が、鶴に影を落とす。それを、今の鶴は怖いとは感じないけれど、ひとたび彼を意識してしまったこのときには、燃えあがろうとする火に油を注ぐに等しかった。

「俺が近寄ったから驚いたの？」

「そう、です……」

「じゃあ、今は？」

落ち着かなくて体中がざわめいているわりには、決していやな間合いではなかった。楽しげに笑う秋人から目が離せなくて、彼が鶴を見つめているまなざしや、薔薇の香りを感じるごとに、心の中に何かが満ちてゆく。

「いま？」

明るい光の射し込む、あたたかくて心地のよい水に、溺れてゆくようだ。

「もう驚いてはいないだろう？　今は、どんなことを感じているの？」

「…………」

どこかへ走ってゆきたいような、それなのに、ここでじっと秋人とともにいたいような、よくわからない衝動を、いったい何と言うのだろうか。

「わたしの気持ち、ぜんぶ、秋人さまに、移ったら、いいのに……」

うわずって途切れ途切れにしか声を出せない鶴の言いぶんを、秋人は邪魔をしたりせずしっかり聞きとめたのち、「できない相談だね」と拒んだ。冷たい言いかたではなくて、続きに、柔らかい声で強請る。

「俺はいつでも鶴の言葉を聞くし、きみのことを見ているから、鶴も、言葉でも、言葉にできないなら表情でも、何でも、俺に伝えてくれようとするのを、諦めないでね」

秋人が、そんなことを鶴へ願うのが、鶴には少し不思議に感じられた。鶴のことくらい、何でもお見通しであるように思えるときもあるほどなのだ。

そうだとしても、秋人が願うなら、鶴はその願いを叶えたかった。

「はい、秋人さま」

うなずいてから、彼の元々の問いかけを思い出して、困る。

「えっと、今は……。体が、とても熱くて、風邪を引いたときみたいに苦しくはないのですが、なんだかちょっとふわふわするのは、風邪のときみたいでもあって……あっ、風邪ではないと思います」

「フフ……わかるよ、鶴」

秋人を心配させまいとして慌てて付け加えたとたん、それまで鶴の話を穏やかに聞いていた秋人が笑い声をあげた。彼は、先ほどからずっと熱いままの鶴の頬をつついて、目を細める。

「秋人さまにはわかるのですか？　わたしには、よくわからないのに」

「そうだな。いっときの風邪だと困るもの、かな」

「もしも風邪なら、いっときではなかったら、よけいに困るのではありませんか？」

「そうじゃなくてね」

秋人はゆったりと微笑み、そして貴いものを見るように鶴を見つめた。

「その気持ちは、人を幸せにしてくれるんだ」

秋人の指先が、火照った鶴の輪郭をたどる。力加減は羽が触れるほどのささやかさなのに、鶴は、彼に触れられていることをやけに強く感じた。

「ときにはとんでもなく不幸にもするらしいけれど、俺はきっと、鶴にそんな思いはさせないと約束するから、鶴には、俺のとなりでずっと、そういうふうに感じていてほしい」

ひたむきに見つめられて、彼の瞳や、声に、心のすべてを吸い寄せられるようだった。

真夏の空気は暑いはずなのに、今の鶴は、秋人の指から伝わる彼の温度しか感じない。いつも温かい彼をぬるいと感じるのは、鶴が熱すぎるからだ。

「秋人さまのとなりで、不幸せを感じるようなことは、ありません」

返す声は少し震えてしまった。秋人が言葉に込めた思いは、声音や、表情や、まなざし、触れかた、そういう彼のすべてから伝わってくる。それに応えたいと思うほどに、心のなかで何かが生まれ、体中に広がってゆき、それに内側から押されるみたいで息が詰まってしまう。

「おそばにいます……」

かつて、ひとりぼっちだったひとだ。

鶴は、このひとをもう二度と、ひとりにはしたくないと思った。それがこの春の終わりのころで、その気持ちは今でも変わらない。

けれど、ずっとそばにいてほしいと望まれて、鶴の心をいっぱいにしたものは、彼の孤独を思うものではなかった。自分のそれが、いったいどういうものなのかわからなくて、戸惑いがまた、鶴のなかにさざ波を立てる。

長いあいだ静かな水面のようだった鶴の心は、秋人と出会ってから、たびたび揺らぐようになった。彼が与えてくれるものは、ひとつずつが小さなしずくのように、そっと鶴に降ってきていた。

やがて溢れ、呑み込まれてしまいそうな予感もある。

「鶴はいつも、俺が本当に欲しい答えをくれるね」

鶴の答えを聞いた秋人が、嬉しそうに笑みを深くする。

それを受け止めながら、鶴は、自分のうちにあるのが何であっても、彼が笑っていてくれるなら、怖くはないのだと思えた。

第二章　婚約者と幼子の幽霊

秋人（あきと）の家の書庫は、彼と鶴（つる）のふたり暮らしで、ほとんど居間のように使われている。鶴も秋人も、互いの帰りをここで待つ。鶴には自室もちゃんと与えられているけれど、この家へやってきた当初のまだ春も浅い時期に、冷える玄関で秋人の帰りを待ち続けていた鶴へ、彼はこの場所にいるよう言いつけた。

書庫にはさまざまな本があり、日当たりの良いソファセットもふかふかで、長く居ても過ごしやすい。

この日の鶴は、絹のカーテンを通り抜けた陽光が照らす明るいソファの端に座って、布と糸と針と睨（にら）めっこしていた。

唇を引き結び、ぎゅっと眉を寄せて、慎重に針を布に刺す。布の下に隠れた針を、指を傷つけないようにそろりと探って、糸を絡めないようゆっくり引っ張る。その繰り返し。

「よくもまあ飽きないものだ」

「ちょっと黙ってて」

人の姿を取ったシロちゃんが鶴の手元を見て言うのに、鶴はひと息で言い返した。

シロちゃんは、髪も目も白銀で、男とも女とも取れる、それは美しい見目をしている。

ひと目見て人ならざるものと悟らせる容貌だが、幼いころから当たり前に見てきた鶴は、今さら惑わされたりしない。

「人の子は息を止めたら死んでしまう」

「…………」

「鶴」

「…………」

「鶴」

「いま、それどころじゃないの！」

「呼吸は最優先だろう」

そう言うシロちゃん自身は、呼吸をしない。今、ソファの肘掛けに軽く身を預けるような体勢でいても、実際に重さがあるわけでもない。人と同じかたちをした手のひらも、触れることこそできるけれど、人のような温度は持たず、熱くも冷たくもない、不思議な感触がする。

「お前が懸命になるのは好ましく思うが、僕の第一はお前の身の安全を守ることだよ」

シロちゃんがそう言うのは、もとは、鶴のご先祖さまが作り出した式神だからだ。だが、国を守る役割を負っていたご先祖さまを助けるためには妥当な意識も、今の鶴には大げさである。

「お裁縫くらいで、死なないもの」

「死にそうな顔をしていたが」

「そんなことない」

「ものの喩えだ」

集中を殺がれた鶴は、ひと息ついて、かたわらのシロちゃんを見上げた。

とても美しくて、でも、その表情や声音はほとんど変化することなく、感情がないかのようだ。そうではないことを、ずっとそばにいた鶴は感じ取れるけれど、ここのところ、シロちゃんも少し変わったように思う。

「シロちゃん、冗談なんて言うんだ」

「お前と友人たちや、彼が話すのを聞いていたからな」

「わたしや、秋人さまや、みんな？」

「僕も岩ではないから、身近なものの在り方が影響を及ぼすこともある」

ほんのかすかに目を細めるシロちゃんは、笑っているようだった。無表情でいるときの硬質な雰囲気は、どちらかと言えば男性のように感じられるものの、和らぐと女性にも見える。性別を考えるのは鶴が人間だからで、人ではなく、作りものであるシロちゃんには、男女の別はない。

「それは、シロちゃんにとって、よいこと？」

「前にも言ったが、物事はそう単純ではない。僕の変化が良いほうへ事を運ぶこともあれば、そうではないこともあるだろう」

「またそういう、難しそうなこと言う」

「ひとつだけ確かなのは、お前次第だということだ。お前にとって望ましいならば良いことと言える。僕はお前のものなのだから」

鶴は、シロちゃんを頼りにしていて、その力にもいつも助けられている。でも、自分を鶴のものだと言って委ねてくることには、心細いようなもの悲しさを感じた。

「……。それなら、シロちゃんは、今、嬉しい？」

鶴にとっては、先の問いと同じ意味を持つ問いかけだった。シロちゃんは言葉を変えただけの鶴の尋ねごとに、しばし考えるような間を置いてから、とても珍しくはっきりしない口ぶりで答えた。

「そう、なのだろうな。ここのところ、人らしくなっていくお前を見ていると、僕は安らぐ。僕では、お前に人として生きてゆくすべを与えてやれない」

「シロちゃんに、人として生きなさいって言われるの、好きじゃなかった。そうしたら、わたしはひとりぼっちになるような気がしたの」

「知っていたよ」

「今は、どうしてシロちゃんがそういうことを言っていたのか、わかるよ」

ほんの半年前でさえ、人肌の温もりを知る未来など、一度も思い描いたことはなかった。

手元に視線を落として、作りかけの刺繍を見る。

針と糸を見るだけで気分が落ち込んで、学校の裁縫の授業なんて苦痛ばかりだった。そんなものを今では上手になりたいと思って、授業の時間が足りないと感じるほどだ。

実のところ、結局いまひとつのまま期末試験に突入し、鶴はせめてものできることとして直前の復習をしている。

「わたしは人でしかないから、人として生きていないと、なんにも得られないものね」

好きな色。好きな花。好きな食べ物。

秋人が尋ねてくれたことで見つけた『好き』の気持ち。鶴が手にすることのできるものは、すべて人の世にある。

「大切なものを、決して手放すでないよ」

「うん。大事に、する」

『僕は、手放すなと言ったよ』

シロちゃんはするりと姿を消し、声だけが返ってきた。

鶴はお喋りをやめ、針を針立てに刺して布ごと鞄に仕舞う。下手な刺繍を見られたくない。

ほどなくして、ていねいなノックの音が聞こえたあと、書庫の扉から秋人が顔を出した。

「ただいま、鶴」

「おかえりなさいませ」

「ごめんね、遅くなって。お腹(なか)空いただろう、すぐに夕飯の準備をするから」

「遅く……？　あっ、もうこんな時間！」

鶴は、卓上の時計を見て驚いた。

夏になり、日が高くなって明るいから、時間に気づかなかった。手伝います、と言って小走りに秋人に近づく。

そのとき、秋人との間に何か動くものがあって、鶴は反射的に跳(と)び退(の)いた。

「えっ、鶴？」

「幽霊！」

秋人が驚いた声を上げたのと、鶴が思わず叫んだのとが、ほぼ同時だった。

「何……幽霊？」

鶴は秋人の足もとを見ていた。鶴の視線を追って自分の体を見下ろした秋人は、戸惑って眉を寄せる。その表情が、鶴の言葉を訝(いぶか)しんでいるようにも見えて、鶴は身を強張(こわば)らせた。

鶴が親しむ人ならざるものを、普通の人は見ないし、今どきは信じてもいない。そのために鶴は、鶴の大切な友だちでもあった彼らを否定されることを悲しいと思っていたし、だからといって、彼らの存在を主張して、おかしな娘だと言われることも怖かった。

自分が何かを言ったところで、信じてもらえるはずがないと思い込んでいた。

秋人に受け入れてもらえて、彼のそばでだけは安らぎを感じられていたけれど、長年感じていた恐怖はそうたやすく消え去らず、すぐによみがえって鶴を竦ませる。

「おばけがいるの？」

「…………」

「……鶴」

鶴の顔を見た秋人は穏やかに鶴を呼び、そうしておきながら、自分からゆったり歩み寄って、鶴と半歩の距離を残したところで軽く身を屈めた。凍りついた鶴に視線を合わせ、呼吸をうながすように、鶴の頰をあたたかな手のひらで包む。

「どうしたのか、教えてくれるかい？」

鶴はゆっくりと瞬きをし、秋人が優しく自分を見ていることに気づいて、泣きそうな心地になった。安堵と、秋人を信じそこねた罪悪感が入り混じる。

「幽霊が……小さな男の子の幽霊が、秋人さまの足もとにいて」

「そうなんだね。今も？」

問われ、ほんの一瞬だけ視線を下にやって、秋人を見返しながらうなずいた。

秋人の足もとに、彼にまとわりつく小さな男の子がいる。後ろの光景が透けて見える半透明で、人間でないことは初めから見て取れた。

「それって、何かまずい？」

「……。わかりません」

今の時点では、特に嫌な感じはしない。普通に、鶴がいつも目にする人ならざるものたちと同じだ。人には見えないけれどそこかしこにいて、彼らなりの暮らしをいとなんでいる。

「悪いものではないのかな」

「悪意を持っているものが、そうたくさんいるわけではなくて……。いつもみんな、そこにいるだけなのです。けれど人とは在り方が違うから、悪意がなくても、人にとっては、悪いものになることもあります」

鶴はいつものくせで、袖の中にある守り刀のかたちを、布地の上から確かめた。鶴にはシロちゃんがいて、何かあれば守ってくれるから、人ならざるものと親しくしていても平気だった。そもそも、鶴が人ならざるものを見聞きできること自体、シロちゃんの力を借りてのことである。

だから特別な力を持たない鶴は、秋人を守ってあげられない。

「わたしには、その子が悪いものでないかどうか、見分けることができないから……」

いざというときに役に立たないと気を落とす鶴に対し、秋人は「そうか」と事も無げに言った。

「じゃあ、様子を見るしかないね」

鶴から手を離して屈めていた背を伸ばし、軽く肩をすくめてみせる秋人に、鶴は落ち込んだ気分がどこかへ行くくらい面食らった。

「えっ……」

「ほかにやることもないだろう？　今のところは、俺は困っていないし。それに、会ったばかりの相手が自分にとって悪いものかわからないのは、人間でも同じだ」

「えっ、と……」

秋人の言うことは、状況を正しく表している。とはいえあまりに平然としていて、鶴はその秋人に困惑するくらいだ。

「普通の人より、妙な出来事には慣れていると思うよ。前とは違って、誰かを傷つけるようなことが起こらないなら、よほどいい」

秋人は、言葉にかすかに苦いものを含ませながらも、今は穏やかな表情をしていた。彼がどんな思いでそう言うのかがわかるから、鶴は、秋人の目を見つめながら、真っ先に思ったことを口にした。

「秋人さまが傷つくのも、だめです」

秋人が目を瞠(みは)って、それからほのかに笑う。

「きみがいてくれるなら、何でも平気な気がしてくるな」

「……わたし、そう言っていただけるようなものは……」

「幽霊を見て、裸足(はだし)で逃げ出さない時点で、相当なものだと思うよ」

秋人の目に映る鶴は、本当の鶴よりよほどすごいひとみたいだと思った。

目を合わせていると情けない自分を見透かされそうで、思わず視線を落とすと、半透明の男の子が目に入った。その子は見られていることに気づいて鶴を見たが、すぐに素っ気なく顔をそむけてしまう。それなのに次には、熱心な目で秋人を見上げた。

関心を引きたい子どもがするように、秋人の服の裾を引っ張ろうとして、透ける自分の手を悲しそうに見る。そしてなおのこと躍起になったように秋人へと視線を向けた。

一体、何だろう。

「鶴、どうしたの」

「男の子が、秋人さまに、何か……」

――父さま。

「え？」

短いひと言を、鶴ははじめ、自分が聞き違えたかと思った。それくらい予想外だった。

男の子は鶴など一切気にかけず、秋人だけを見て、もう一度呼びかける。

『父さま』

「！」

二度も聞けば、勘違いとは思えなかった。

「鶴？」

首をかしげる秋人と男の子を見比べ、鶴は途方に暮れる。

男の子は、糊（のり）のきいていそうなシャツに、半ズボン、足もとは黒っぽい靴と、良家の子らしい洋装に身を包み、寂しそうに秋人を見ていた。可愛（かわい）らしい目鼻立ちだが、背丈が秋人の腰に届かないくらいの幼子では、秋人に似ているのか、そうではないのか、鶴には何とも言い難（がた）い。

「……秋人さまの、お子さま……？」

「まさか」

無意識に口をついて出た疑問を、秋人がすぐさま否定する。彼は眉を下げ、不本意そうに鶴を見た。

「俺に子どもがいるなんて、どうしてそう思ったの？」

「その子が、秋人さまをお父さまと呼ぶので……」

「どういうでたらめなんだ」

秋人はわずらわしそうに嘆息した。

突然、自分を親だと言う子どもが現れたら、鶴も困り果てるだろう。秋人に同情しつつ、鶴はふと、母親の存在に思い至った。

「ねえ、お母さまは、どなた？」

男の子にむけて問いかけてみたところ、子どもはちらと横目で鶴に視線をくれたものの、顔ごと鶴から目を逸らした。秋人に対するものと正反対に、鶴にはずいぶん冷たい。

代わりのように、秋人の反応が大きかった。

「子どもにも、その母親にも、俺に心当たりはないよ」

秋人は、子どものほうへは目もくれないで鶴に言った。鶴は彼のいつになく強い口調に気圧されかけたが、その顔を見て、まっすぐ秋人へと向き直った。秋人が鶴に向けていたのは、怒りや嫌悪ではなく、不安そうな表情だった。

「俺は、誰とも、いい加減な付き合いはしない」

「秋人さまは、父に押し付けられたようなわたしにさえ、初めから真摯に向き合ってくださったかたです。秋人さまがどんなひとか、わたしは身をもって知っています」

見上げる先で秋人が瞬きをして、その目もとが緩む。

「ごめん。鶴がそういう子だって、俺もわかっているのに」

「いいえ……」

鶴も内心では、けっこう反省していた。秋人は、鶴が思うより、鶴と婚約していることや、遠くない将来で結婚することについて、真剣に思ってくれていたのだろう、と気づいたからだ。

鶴が、自分が秋人にふさわしいのかと不安に思っていても、秋人は確かな未来として考えてくれている。結婚できるのだろうかなんて悩んでいたことは、秋人に知られないようにしなければ、と思った。

「それにしても、なぜ俺を父親と呼ぶんだろうか」

先ほどより気安い口調で、秋人は鶴に尋ねる。鶴はその問いを、そのまま男の子へ向けた。

「どうして秋人さまを、お父さまと呼ぶの？」

『…………』

男の子は秋人を見上げたまま、鶴を完全に無視した。

「幽霊は、何て？」

「あの……。ずっと、なのですが、その子は、秋人さまをじっと見ていて、わたしのことは気に入らないようで、答えてはくれなくて……」

「俺を父親と呼ぶなら、お母さんは鶴なのに」

秋人はさも当然というふうに、少し呆れた様子で言った。幽霊の男の子をどう扱ったらいいのか考えていた鶴は、まさかそんなことを言い出されるとは思っておらず、驚きのあまり考えごとが霧散した。

「えっ」

「そうだろう？」

「えっ、えと、……そう、なります、ね……？」

男の子に目を落とすと、嫌そうに鶴を見たのち、否定するように首を振って、秋人の服の裾を引こうとする。

『父さま』

幽霊の姿も声も捉えていない秋人は、男の子がどれだけ一生懸命になっても、彼を気にかけない。

実の父親の気持ちを知ることができずに、彼に嫌われていると思い、ほとんど存在を無視されているように感じていた経験をもつ鶴にとって、それは悲しい光景だった。

『父さま……！』

秋人を疑う気はないけれど、男の子があまりにも必死に秋人を呼ぶものだから、秋人にも、視線を向けたり、声をかけてあげたりすることができればいいのに、と思ってしまう。

「あの、秋人さま」

せめて、自分が男の子のことを秋人に伝えようと、声をかけたとき。

『父さま！』

「え?」

秋人が子どもの呼ぶ声に応えるように、自分の左下に顔を向けた。まさに、男の子がいるその場所だ。

秋人を見上げていた男の子が、ぱっと笑顔になる。

『父さま!』

嬉しそうな子どもの幽霊に対し、秋人は目を見開いて硬直していた。視線の先にいるのは、男の子の幽霊で間違いなかった。

秋人には見えないはずのものが、見えている。それも突然。

「……どうして……」

驚きつつ、か細くこぼした鶴の声を拾ったのか、秋人が一度目をつむり、ゆっくりと息を吐く。ふたたび目を開けた彼には、常の冷静さが戻っていた。

彼は確かに幽霊を見下ろし、そしてその目を鶴へと向けた。

「鶴の見ている幽霊って、シャツとズボンを身につけた、四、五歳くらいの男の子?」

「……はい」

まだ衝撃から抜け出せない鶴は、うなずくので精いっぱいだった。それなのに秋人は、困惑を残しつつも微笑んでみせた。

「幽霊って、いるんだねぇ」

「…………」

「おばあさまの件で確かに見たけれど、改めて驚かされたよ」

ゆったりした口ぶりも、もういつも通りだ。つられて、鶴も落ち着きを取り戻した。

「どうして、急に……」

「鶴にもわからないのかい？」

鶴は、秋人と幽霊とを順に見て、様子を確かめてから言った。

「……はい。こんなことは、初めてで」

「おばあさまのときは、鶴が、俺に見えるようにしてくれたよね」

「わたしの目をお貸ししたのです。でも今は、秋人さまご自身で見ていらっしゃるのですよね」

「そうだね」

鶴は、秋人が幽霊の声を聞いた前後で、前触れや、何かが変わった気配のようなものを、少しも感じなかった。何が起こったのか、鶴も把握しかねている。

「秋人さま、ご気分が悪いとか、具合の悪いところは、ありませんか」

「戸惑いはあるけれど、体は大丈夫だよ」

大変な変化のように思うのに、本当に大丈夫なのだろうか。軽く言ってのける秋人の顔を、鶴はじっと見つめた。視線に気づいた彼が少しだけ困ったように笑う。

「そんなに心配そうにするほど、何か良くないことでもあるのかい？」

「いいえ……。でも、秋人さまはとても大変なことでも、悲しいことでも、ご自分のことは、あまりつらいとはおっしゃらないから、もしかしたら……って」

「え……」

秋人は珍しく、言葉に詰まったようにただ鶴を見返してきた。

鶴にとって、秋人はとても優れたひとで、なんでもできるように思える。鶴にも、いつも優しい。けれどその優しさのぶん、秋人自身のことは後回しにしているようにも感じていた。

「鶴に、そんなに心配をかけていたなんて」

考えてもみなかったように秋人が言うから、鶴の気持ちはいっそう強くなった。

「この家でおかしなことが起こっていたときも、秋人さまはご自身がつらい思いをなさっていたはずなのに、わたしのことばかり気遣ってくださいました。だから秋人さまのことは、わたしが気にして差し上げようと……えっと、差し出がましいことですが……」

「……参ったな……」

そんなことを言いながら、秋人は頬を緩めて微笑んでいた。それなのに鶴を見下ろす瞳には、優しげな温かさとともに、わずかな翳（かげ）りがあるように見える。

「きみがそういう子だから、俺はね、鶴……」

秋人が一歩ぶん鶴に近寄り、鶴は間近で秋人と目を見交わした。秋人の顔を曇らせるものが知りたくて、一心に彼を見上げていると、秋人が笑みを深める。

その唇が何かを言いかけたとき、ふと、鶴の視線が逸れた。

『父さま……』

鶴が気にしたのは、幽霊が秋人との間に割り入ってきたことだった。その子は自分の体が鶴を通り抜けるのもおかまいなしに、秋人の腰あたりにくっついている。

遅れて顔を動かした秋人は、鶴の肩に手を添えて、男の子と重なってしまう鶴を避けさせながら、深いため息をついた。

「俺は、子どもが嫌いではないけれど……」

『父さま』

「きみ、何かほかに言うことはないのかい」

呆れたように言う彼の言葉で、ふと気づく。

人ならざるものたちが人の言葉を解するか、また喋るかどうかは、それぞれで違う。その存在からして、人とは違うことわりの中にあるものたち、というだけで、同一の性質を持つとも言えなかった。

「もしかして、喋(しゃべ)れない、の……？」

男の子は秋人にぴったり引っ付いたまま、初めは鶴を無視しているふうだったが、しばらく観察しているうちに、一度だけ鶴を見て、こくん、と小さくうなずいた。

「じゃあ、秋人さまをお父さまと呼ぶのも、それしか言えないから？……あっ、聞こえないふりしてる……」

問いを重ねた鶴に、男の子はわざとらしくそっぽを向いた。見ていた秋人がぽつりと呟く。

「悪い子だなあ」

思わずといったふうにこぼした秋人は、鶴がそれを聞いて彼を振り仰いだことに気づくと、少し照れたように笑った。

「思いがけないことで驚いたけれど、子育ての予行練習と思えば悪くないかもね」

物事を明るいほうへ考えるひとではあるが、いくらなんでも朗らかすぎる言いようである。

「子育て……じゃなくて、幽霊です……」

秋人があまりに平然としているので、彼の考え方のほうが正しいような気にさせられつつも、鶴はどうにか訂正を入れた。

『父さま』

「練習台にはなるかもしれないけれど、俺はきみの父親じゃないよ」

幽霊と秋人が普通に会話をしている。自分自身が人ならざるものとそうやって接してきたというのに、秋人がとなると、なんだか奇妙な光景に見えた。

『父さま』

「人違いだよ」

素っ気ないもの言いではあるが、秋人の和らいだ雰囲気のせいで、ともすれば、ちょっと迷子を保護した程度かのように思えてしまう。

まさかそうではなく、平穏とはいえない、非常事態である。

「……このまま……じゃ、だめだよ……ね？」

すっかりいつも通りの落ち着きをみせる秋人を前にして、呆気にとられながら、鶴は自分に言い聞かせるように呟いた。

その日の深夜、自室の机で、いつかと同じく適当な紙に幽霊騒ぎの要点を書き連ねていた鶴は、少し離れた部屋にいる秋人を思って眉を寄せた。婚約をしてこの家に移ってきたとき、秋人が鶴の自室を彼の部屋から遠いところにしたのは、おそらく気遣いだった。それでもたったふたり暮らしだから、ほとんどの時間を書庫や食堂などで一緒に過ごしていて、今日までふたりの部屋が離れていることを気にしたことはない。

こんなにもどかしいのは、今夜が初めてだ。

「ねえシロちゃん、あの子、秋人さまから離れなかったけれど、秋人さまは大丈夫だよね？」

『そうだな……』

呼びかけると、どこからともなく声が聞こえてくる。シロちゃんは鶴の持つ懐刀を依り代にして封じられているものの、その刀から声がするわけでもないことを、最近の鶴はようやく不思議に思うようになった。

『今のところ、僕は危険を感じてはいない、が……』

歯切れの悪さに、不安がつのる。

「何かあるの？」

「あの子ども、何かがおかしい」

鶴のそばに、人のすがたをしたシロちゃんが音もなく現れる。紙から顔を上げて横を見れば、机のわきに立ったシロちゃんは、鶴の手元の紙を見下ろして、子どものことを思い起こしているようだった。

「おかしいって？」

「人の子のようなすがたを持つものは、少なくはないが、多くもない。わざわざ模しているのでなければ、僕のように、もとから人に近いすがたを与えられたか、もとは人であったか、ほとんどはどちらかだ」

「それって、つまり、あの子はシロちゃんみたいに誰かに作られたかもしれない、ってこと？」

鶴はシロちゃんの言葉を言い直して確かめようとしただけなのに、シロちゃんはうなずかなかった。

「どちらとも言い難い。問題は、今、あのようなものを作り出せる者がいるのかだ。僕が作られたころは、ほかにもそのような力を持つ一族は確かに存在した。だが、今はどうなのか……」

「あの子も、昔に作られたのではないの？」

「服装が洋装だっただろう。見た目を変えることが決してできないわけではないが、僕たちにとって、必要を感じないものだ。何か目的があるのでなければ、作られた姿のままと考えてよいだろうな」

「……わからないことだらけ」

シロちゃんに教えられたことも紙に書き出してみて、頭を悩ませる。

シロちゃんが言うからには、何かがおかしいのは確かだろう。だが、鶴には何がおかしいのかがわからなかった。

人ならざるものと言っても、さまざまなものが存在する。

けれども鶴は幼いころから彼らと親しく接するのが当たり前であったから、彼らが何ものなのかを、つい最近まで考えたこともなかったのである。

つまるところ、見聞きできるだけで、実はよく知らない。

さらに、人の世のことにも、通じているとは言い難かった。

「もし、最近作り出された子だったら、作った人は、強い力を持っているの？　そういう人が、今もいるということ？」

「………………」

シロちゃんは、また何かを考え込んでいた。その横顔は、まさに人間離れして美しい。

シロちゃんに比べたら、あの子どもはずいぶん凡庸なすがたをしている。

それこそ透けていなければ、鶴の目には、人間の子どもと見分けがつかなかったかもしれない。

「もとが人であり、単純に魂が変容してさまよっているものと思うには、妙な気配があるのは確かだ。特に、人の姿を持ちながら、話ができない事情は何かあるはずだろう。だが、僕と同じように人に生み出されたものとするには、何かを為すほどの力を持たないものに見える。そのようなものを、なぜわざわざ生み出すのか」

「どういうこと？」

「僕がお前の祖先たちとともに相手をしてきたさまざまなものごとから考えるに……。いや。今は、僕の知っているころの事情と多くが異なる。僕の知識は、むしろ邪魔だろう」

シロちゃんは鶴に目を向けて言った。鶴がシロちゃんから過去のことを聞くのは、これで二度目だった。式神だと知らされたのも、つい先日だ。

「何もわからないものとして、注意深く考えるほうがいい」

「そっか……」

様子を見ていくしかない。秋人の言った通りである。

やはり賢明なひとなのだと感心しつつ、彼のことを思えば、とたんに気持ちが落ち着かなくなった。

「秋人さまは、今、どうなさっているんだろう。よくわからない子どもの幽霊がいて、ちゃんと休めていらっしゃるかな」

「気になるなら、様子を見に行ってはどうだ」

「だめだよ、こんな夜に男のひとの部屋に行くなんて、はしたないこと、できない」

シロちゃんは人のそばに存在するものだが、人の世のことには疎いときもあるらしい。

突飛な提案をされて、鶴は慌てて首を横に振った。

「同じ家に三日続けて通えば結ばれたというのだから、ともに暮らしていればよいのではないか？　あれは妻の家にともに暮らすのだったが」

「それ、ずっとずっと昔の話でしょ」

いくら世情に疎い鶴であっても、さすがにそのくらいはわきまえているつもりだ。そもそも、昼間でさえ、鶴は秋人の私室を訪れたことがない。拒まれているわけではなく、朝に食堂で落ち合って、夕に就寝のあいさつをするまでともにいれば、私室に何の用事もないからである。

「シロちゃん、わたしの代わりにようすをうかがってきてくれない？」

「不可能だ。たとえお前の命令であっても、僕はそれから離れられない」

にべもない。シロちゃんが指し示すのは、鶴がいつも袖に入れて持ち歩いている懐刀、真白だ。

「あの子は、本当に、秋人さまに何かしたりしないよね……？」

「彼があれをどこから連れ帰ったか知らないが、害するつもりがあるなら、ここに帰ってくるまでにとうに何かされているだろうよ」

「じゃあやっぱり、秋人さまに付いてきたのには、何か理由があるんだろうな」

秋人を害するつもりのあるものでなくてよかった、と胸をなで下ろしながら、秋人を父と慕って離れない子どもを思う。秋人ははっきりと否定したものの、それならばなぜ、あの子は彼を父と呼んだのだろう。

「秋人さま、また誰かと間違われているの？」

「本当に彼の子が化けたもので、知らなかったか、忘れていたか、したのではないか」

「そういうひとじゃないよ。知らない親戚、かも、しれないけど……」

前回、秋人は彼の祖父と間違われて、その妻、つまりは彼の祖母の嘆きを被る羽目になっていた。彼の祖父は多情な人であったそうだから、秋人が把握していない庶子がいることも、可能性としてはあり得る。

だがシロちゃんの言うとおり、前例にとらわれてはいけない。鶴は思いつきを紙に書いてゆきつつも、注意深くいなければならない、と自分を戒める。

「確かめずに結婚すると痛い目に遭うかもしれないよ。人の情というのは、ときにひどく恐ろしい。それこそ誰かを呪い殺すことがあるほどには」

シロちゃんは、平静な顔をして怖いことを口にする。その態度こそ、少なくとも今このときには、差し迫った危険のないことを知らせていた。

「呪われそうになったら、わたしが秋人さまをお守りする、から、シロちゃん、そのときは力を貸してくれる？」

「お前が望むなら、僕は従う。僕の力はお前のものだ」

シロちゃんに、そういうふうに言ってほしくない。けれど、その力が欲しいのも鶴の真実だった。

今回もそうだ。秋人の力になりたい鶴が持っているのは、本当はすべてシロちゃんのもの。それがなくては、鶴は何もできない。

あの男の子について書き記した紙を見下ろし、やりきれないため息をついた。

「秋人さまに、急にあの子が見えるようになったのは、あの子が何か力を使ったからなのかな」

尋ねたとき、鶴はほとんど確信を持っていて、確かめる程度の気持ちだった。あの男の子がただの幽霊ではないのなら、鶴がシロちゃんに力を貸してもらっているように、あの子も、秋人に影響を与えることができるのかもしれない。

ところが、シロちゃんは鶴の顔を見て、しばし黙り込んだ。

「……シロちゃん？」

普段は表情の変化に乏しいシロちゃんが、何かに悩み、憂いを表していた。首をかしげて名を呼ぶと、シロちゃんは何かを言いかけ、しかし声にはしないままやめてしまう。

「教えて、シロちゃん」

鶴がうながせば、シロちゃんは、諦めたような小さな声で答えた。

「あれは、お前が望んだからだ」

「え……」

絶句する鶴に、シロちゃんが言い聞かせるように告げる。

「あのときお前は、彼にあの霊の姿が見え、声が聞こえたら、と願っただろう。僕は僕の力が、お前によって動かされたのを感じた。お前が僕の力を使って、彼に目と耳を与えたのだ」

「わたし、そんなことできない……」

驚きのあまり呆然とする鶴に対して、シロちゃんは「今まで自覚していなかっただけだ」と項垂れるように首を横に振った。

「僕は、僕の意思で力を使うことは封じられている。今までもすべて、お前が望むから、僕はお前を守るために力を使えたし、お前の望まないことはできなかった」

「そんなの……シロちゃん、言わなかったじゃない……」

「お前に尋ねられることがなかったから、言わずに済んでいた」

「訊いていたら、教えてくれたの？」

「お前が望むなら、僕は言わざるをえない。言っただろう、僕はお前の先祖に作られ、今はお前に従うものだと」

つまり今、鶴が教えるよう言ったから、シロちゃんは、明かさずにいられなかったのだ。

だが、そのように重要なことをなぜ黙っていたのかと、鶴の疑問は視線に出ていたのだろう。問わずとも教えてくれた。

「僕は、お前にあまり、力を使ってほしくはない。自分がそのような力を扱えることも、知らずに済めばよかったのに」

「なぜ？」

「常人の持たない力は希少だ。それを扱えるということは、持たない他人に利用されやすいということでもある。お前には、誰かに使われるのではなく、お前の望むように生きてほしいと思う」

そこで、シロちゃんは一度言葉を切った。そして、常人の目には映らないその手指を見下ろし、確かめるように軽く握って、また開く。

「何かを知れば、そのぶん、深いかかわりを持つことになる。お前が、自分の無力さを歯がゆく思っているのは知っていた。だが、力が人を幸せにするとも限らないことを、僕は知っている」

「できることは、たくさんあったほうがいいじゃない。それはシロちゃんの力だから、わたしのものだとは思わないけど、シロちゃんがいてくれたから、秋人さまとおばあさまのことも、お助けできたんだよ」

不器用で、家事も芸事も下手、自分の思いもうまく言葉にできない。秋人に鶴が返してあげられるものはとても少なくて、悲しくなる。

鶴は目を伏せて、ぽつりと言った。

「……シロちゃんがいなかったら、わたしには何にもないもの……」

「彼は、お前に力を求めているわけではないのではないか。お前は彼が、お前の力をあてにしているように感じるか？　お前に親切なのは、お前に力があるからか？」

「……。違う……。そういう、ひとじゃない……」

鶴を見て、微笑みかけてくれる秋人を思い浮かべたら、シロちゃんの問いへの否定が、自然と口からこぼれていった。

ずっと隣にいてほしい、と秋人は言った。そのとき、彼のなかにあった気持ちは何だろうか。

「秋人さまのほしいものって、何なんだろう……」

いつも笑って、幸せでいてほしい。

ほしいものがあるならあげたい。

秋人への願いが、鶴の胸の奥で小さく切ない痛みを生む。

けれど鶴は、どうしてかその痛みが心地よい気がして、失いたくないと思った。

翌日、秋人の帰りを書庫で待っているあいだ、鶴は駒子の手紙の返事に悩んで、反故紙に落書きをしていた。幽霊と一緒に出勤していった秋人のことを思って落ち着かず、文章を考えようとしても、思考が散ってしまうのだ。

駒子が手紙の結びに花を描いていたのを真似て、濃い蒼のインクで紙の端にいくつも花を咲かせる。何とはなしに花らしきかたちを描いていた鶴の万年筆は、いつの間にか薔薇をかたどっていた。

秋人が鶴に贈ってくれたものの、最初のひとつ。

それを見下ろして、またじりじり気を揉んでばかりいたから、帰宅を知らせるノックの音が聞こえた瞬間、鶴は跳ねるようにソファから立ち上がった。

「おかえりなさいませ」

「ただいま」

微笑んで応えてくれつつも、少々疲れた様子の秋人のそばには、あの男の子がいる。

「……おかえりなさい」

何となくこちらにも挨拶をすると、男の子は、ふいとそっぽを向いてしまった。

「わたしが嫌いなのかな……」

「鶴、きみがいろんなものに優しいのはいいことだと思うけど、俺を放っておかないで」

「えっ……あの、申し訳ありません。何か、わかることはないかと思っただけなのです」

「そういうときは謝らないで、真面目に考えてるんだって、俺を叱ってもいいんだよ」

「えっ……と……？」

秋人を叱るなんて、鶴にはとんでもないことだ。けれどもその秋人が、まるでそうしてほしいかのように言うものだから、鶴は自分の取るべき態度がわからなくなった。

「ええと」

「フフ」

鶴を困らせておいて、秋人は機嫌よさそうにしている。それで鶴も彼の軽口だと悟った。

「……。あっ、秋人さま、帰っていらしたときはお疲れのようでしたが、お加減はよろしいのですか？」

「ああ、それね」

秋人はなぜか鶴をじっと見て、眉を下げて力なく笑った。

「鶴には、いつも街があんなふうに見えているのかい？　あちらこちらに何だか人ではなさそうなものがいて……」

「秋人さま……」

シロちゃんの言ったことが本当なら、秋人を大変な目に遭わせているのは、鶴が願ったせいだ。申し訳なさで気持ちが落ち込みそうになるのを、気力で引き上げる。秋人を心配させるわけにはいかない。

「ほかに、お体の調子が悪くなったりは、されていませんか」

鶴はそっと秋人の手を取った。病気であれば看病のしようもあるが、慣れないものを見せられて疲弊しているのでは、どうしようもなかった。

「大丈夫、目と頭が疲れたくらいだよ。鶴はすごいね」

「わたしは、幼いころからずっとそうでしたから。秋人さまが普段ご覧になっている景色のほうが、わたしには見知らぬものなのでしょう」

「あっ、そうか」

彼はひとつ瞬きをし、今度はいつものように、楽しそうに笑う。鶴がきょとんとしていると、秋人は鶴が握っている手をゆるゆると動かして、鶴の指と彼の指が互い違いに組み合うように繫ぎなおした。ぴったりくっつく手のひらから、よりはっきりと秋人の体温が伝わる。空気は暑くてかなわないけれど、秋人の手の温かさなら心地よかった。

鶴からも手に力を入れてみると、のぼせたときみたいに頭がふわふわしてくる。

「今の俺には、きみと同じ景色が見えているんだね」

「あ！　そう……そうですね……」

鶴と同じ景色を見るひと。そんなひとは、鶴には初めてだった。手のひらから体温が伝わって、それが互いにわかるように、同じものを感じて、わかちあえる。

気づいてしまえば、喜んではいけないのに、心が弾んだ。

「秋人さまは、ガス灯通りを通られるのですよね。あそこのガス灯のひとつに……」

「見た。いつもよりひとつ多いと思ったら……。あの提灯、自分がガス灯のつもりなのか？　夜には光るの？」

「わたしは遅い時間にあのあたりを通ることはないので、知らないのですが、光るかもしれませんね」

「じゃあ、今度確かめてみようか。俺が一緒なら構わないだろう？」

「はい！　って、いえ、違います、だめです秋人さま。このままでは良くないです」

「そう？　どうして？」

　秋人が首をかしげる。

「……危険だから、です」

　答えを口にするとき、鶴の胸は痛んだ。

「みんな、ほとんど、悪いものではありません。でも、人間とは違うことわりのもので、かかわったときに、人にとって害になることも、あるのです。わたしには、身を守るすべがあります。でもそうではない秋人さまが、彼らを見聞きできることは、危ない、です」

　本当は、人に、彼らを危険なものだと思ってほしくはない。

　ただ在りかたが違うだけ。

　その違いが、時に、互いを危険なものにする。遊ぼうとして彼らが人を連れてゆくのが、人にとって安全で、帰ってこられる場所とは限らない。

「秋人さま、人ではないものから、声をかけられて応えたり、目を合わせたりはなさいませんでしたか」

「声はさすがに無視したが、目は合ったな」

「危ない目には遭わなかったのでしょうか。連れていかれそうになったり、遊びや何かに誘われたり、など」

「いや、近づいてはこなかった。どうも、この子を見て警戒しているようだったな」

そう言って秋人が子どもを振り返ると、男の子は秋人に笑いかけ、大きくうなずいた。

「その子が……」

鶴が男の子を観察しようとしたら、彼はまたそっぽを向く。

人ならざるものたちの中には、不思議な力を持つものがある。シロちゃんは、鶴に寄ってくる危険なものはすべて退けてきた。

同じように、男の子には、秋人に興味を持ったものたちを下がらせるくらいの力はあるのだろう。そして彼は、秋人を守るつもりでいるらしい。

「あの子、ほんとうに何なのでしょう……？」

鶴は、いまいち危機感を抱けないまま、首をひねった。

人に作られたものだとしても、そうでないにしても、子どもが何をしたいのかがさっぱり見えてこないのが不可解だ。秋人を父と呼び、ただそばにいるだけ。鶴には冷たいが、それはたいしたことでもない。

「秋人さま、あの子に見覚えや、何か少しでも、わかることはありませんか」

「ないよ」

「そう、ですか……」

秋人の短い返答が冷たく聞こえて、鶴は怯(ひる)んだ。

「ごめんなさい。わたしが何も知らないから、こんなときなのに、できることもなくて」

うつむきそうになるのを堪えて秋人を見上げる。今、苦しいのは鶴ではなくて、秋人のほうだ。

「鶴が謝ることはないよ……。ただ、あんな子どもに心当たりはないんだ。本当に」

声にいつもの朗らかさはなく、弱いけれど、優しい言い方だった。

「もし、つらいことや、苦しいことがあれば、おっしゃってください。ひとりぼっちで悩むよりは、わたしでも、おそばにいることはできます」

秋人が短く息を詰めた。

「……きみがまっすぐすぎて、俺は自分のほうがひん曲がっている気にさせられるよ」

「え？」

何を思ったか、秋人は急に繋いでいた手を引き、つんのめってよろけた鶴を、大事そうに抱き留めた。鶴の背丈では秋人の肩のあたりに額を寄せることになり、彼の顔が見えなくなる。でも、秋人も少し背を丸めて鶴の頭に頬を寄せているようだから、彼にも鶴の顔は見えていないだろう。

だけど、鶴が苦しくないように加減しながらも、しっかりと鶴を捕まえている腕の強さや、耳のそばで小さく吐き出された息の丸さで、満ち足りてあふれそうになっているらしい何かが感じ取れた。

「……やきもちを、妬(や)くんじゃないかなあ、と思ったんです。鶴、きみが」

「やきもち？　……あっ、秋人さまのお子さまかもしれないから、そのお母さまに、ということですか？」

「せいかぁい。俺が嘘(うそ)を言っているんじゃないかなあとか、思わないの？」

秋人の声音は、芯が抜けたみたいに柔かった。鶴はゆきさきを見失っていた両手を、おずおずとそれぞれ秋人の腰あたりのシャツの余りに引っかけて、話をするために少しだけ頭をかたむけた。頬が秋人のシャツに擦れ、目の前に、柔らかそうな黒髪がかかる彼の首すじがある。秋人が深く首を折っているから、背中に続く骨のおうとつが、肌に浮き上がっているのが見えた。

「だって、秋人さまが心当たりはないとおっしゃったのです。わたしは、秋人さまを信じます」

「うーん、鶴、そのうち騙(だま)されそう」

「秋人さまがわたしを騙すことがなければ、大丈夫です。もし秋人さまがわたしを騙すなら、そのとき必要なことなのでしょう」

「本当に心配だ」

鶴は、秋人の声に笑いが滲(にじ)んでいるのを聞き取った。声のみならず、くっついている胸が少し震えている。鶴にそれが感じられるということは、秋人には、そのまま飛び出してゆきそうな鶴の心臓の動く速さが、伝わっているのだろうか。

「どうしたら、そんなふうに人を信じられるんだい？」

「秋人さまが、どなたかわたしの知らない女のかたと……と、いうようなことを、想像もしませんでした。思いつかなくて……でも……」

嫉妬や裏切りの痛みは、鶴にとって、ほとんど物語の中にしか知らない感情だった。切なさに悶える登場人物たちは遠い他人で、自分自身が、慕わしく思うほどの誰かと出会えるなんて、少しも考えなかった。

鶴に妬心が無いのは、単なる経験の乏しさゆえでしかない。

「秋人さまが変なふうに言うから……今初めて、少しだけ、考えてしまって……」

「どう思った？」

秋人の問いかけが、鶴に想像させる。

秋人が心を寄せるひと。

きっと美しくて心優しく、秋人を幸せにできるのだろう。

そして秋人は、絶対に、そのひとをとても大切にする。

鶴の知らない誰かと寄り添い、幸せそうに笑う秋人を想像すると、胸がぎゅっと握り潰されるような感じがした。

けれどその苦しさも、今はすぐに消えてしまう。

鶴は、自分を抱きしめている秋人の肩に、そろそろと頭を預けた。

「想像するのも、大変です……」

苦しい気持ちの正体。それが嫉妬で、鶴にその気持ちを持ってもらいたいと言うなら、秋人はまず、鶴を遠ざけるべきだ。

「こんなふうにしていて、秋人さまがわたしを大切に思ってくださっているのがわかります。だから、想像するのが難しいんです」

秋人の優しさを、鶴は疑えない。それほど、彼から与えられたものは大きい。

今みたいに抱きしめてもらっていれば、なおさら、苦しい思いをしろというほうが無理難題である。

「……鶴」

秋人はしばし黙り込んだあと、低く鶴を呼んだ。

「はい。いかがなさいましたか」

「俺がずっと大事にするから、きみはいつまでもそのままで……、俺に簡単に絆(ほだ)されていてね」

鶴は、その言い方は何かがおかしい気がしたが、具体的にどこがと言えず、そして、それでもいいかと思った。秋人が大事にすると言ってくれるのに、些事(さじ)を気にかける必要はない。

と、考えて、絆されるとはこういうことか、と思い直す。

「……鶴？　笑っているのかい？」

「誰かに、絆される、なんて、初めてです」

自分の気持ちが不思議にくすぐったかった。雲の上に立っているかのようで、秋人が支えてくれる安心感があるから、うわつく心地に浸っていられる。

「俺だけにしておいてよ」

秋人の声も、雲みたいだった。

そういえば最近、雲みたいな甘い飴菓子が、縁日の屋台で売られているのだという。鶴はお祭りに行ったことがないから、友人たちの話に聞くのみだが、甘くてふわふわしていてよい匂いがするというその菓子のことを、ふと思い出した。

そうしていつまでもぼんやりしていられたらよかったのだけれど、秋人とこんな話をするきっかけになった大問題は、いっさい片付いていないのである。

『父さま』

聞こえた声は、置いて行かれた子どものそれであった。秋人は、初め無視した。心細そうに呼ばれること三度目にいたって、鶴がさすがに居心地悪く身じろぎすると、やっと、深くため息をつきながら鶴を放した。

そのさい、鶴の耳元で、小さく「父親じゃない」とつぶやく。男の子に聞かれて何やら不穏ななりゆきになるのは避けたいものの、どうやらそれが言いたくてしかたがなかったらしい。

「優しい雰囲気は、少し秋人さまに似ている気がします」

「嘘だろう。俺は子どものころ、もう少し利口だったよ」

心外そうに返される。彼の幼少期を知っていただろう家族は、もうこの世にいない。鶴は少し寂しさを感じた。

「秋人さまの本当のお子さまなら、やはりお小さいころの秋人さまに似るのでしょうか」

「どうかな。鶴にそっくりだったりして」

「わたしより、秋人さまに似ているほうがいいです」

「どうして？　鶴に似ていたら、とってもかわいいと思うよ」

秋人が鶴の頬をつつく。鶴は自分の顔の評価について、自分では人に避けられがちと感じているのに、秋人はよく「かわいい」と言う。秋人は独特な審美眼を持っているのだろうと思っているいっぽうで、彼の選ぶリボンは、鶴の目にもいつもすてきだし、女学校の友人たちからの評判もよい。

「子どものころの秋人さまのことも、知りたくて……」

「それを言うなら、俺も小さい鶴が気になるな」

「そんなに良いものでは……あわわ」

秋人と話をして子どもの存在を失念していたら、急に背筋がぞわりとして、鶴は慌てて男の子を捜した。人ならざるものが発する、よくない気配を感じたのだ。

彼は秋人から少しだけ離れた場所で、目に涙をためて秋人を見上げていた。歓迎すべき存在ではなくても、さすがにかわいそうに思う。親に見向きもされず寂しい気持ちは、痛いほどわかる。

「えっと、ごめんね……」

鶴が声をかけると、男の子は鶴に視線を移した。今までそっぽを向いてばかりいたことを思えば、意外な変化である。少し身を屈めて目線の高さを合わせてみたら、子どもはじっと鶴を見返してきて、少しして、はっとしたように体ごと鶴に背を向けた。

「俺を父と呼ぶなら、母親は鶴だと言ったのに」

「秋人さま、やめておきましょう……」

もしも癇癪を起こされたら、と、子どもの扱いに自信のない鶴は、そっと秋人を宥めた。家政の試験の範囲に、育児はどこまで入っていたかなと、鶴の思考も明後日を向く。

子どもの気配が落ち着いたところで緊張が解け、秋人と顔を見合わせて、どちらともなくため息をついた。男の子はまだ振り向かない。頑なな背中を眺め、どう接したらよいのか、鶴にはちっともわからなかった。

「わたしのお母さまやお父さまも、こんなふうに困ったのでしょうか」

「かもしれないねぇ」

「わたしが生まれたとき、お母さまは今のわたしとあまり変わらないお年だったのです」

「鶴のお父上もそうだよね。……大変……だったかもね……。十くらい年を取っている俺さえ、正解が何にもわからないんだから。まして、アレと違って、鶴は大事な愛娘だ」

「だいじ、な……」

　母を思うとき、鶴の胸には複雑な気持ちが代わる代わる表れる。

　鶴が十になるかならないかのころに亡くなった母親について、あまり多くは憶えていない。貴族としての嗜みをうまく身につけられなかった鶴はいつも叱られていて、悲しい思い出ばかりだ。

　期待に応えられない娘。誰より鶴自身が、美しい母のようになれない自分を嫌っていた。

　けれど最近は、もしかしたら、母の本当の思いは違ったのかもしれないと思えることがある。

　鶴が生まれたころ、生家はすでに時代に呑まれて落ちぶれていたという。何もかもが変わってゆこうとする世の中で、母が持っていた唯一の誇りは、貴族らしく、美しくあることだった。

　母の厳しさが鶴のためだったとしても、幼いころに生まれた鶴の悲しい気持ちは消えない。それでも、母に愛されていたのかもしれないという期待は、痛み続けてきた傷を、ようやく過去のものにしようとしている。

「お父上に、話を聞いてみたらどうかな。ちょうど今週末、鶴をちょっと預かってもらおうと思っていたんだ。その日の昼は、お友だちとお出かけするよね」

「あの、それはお断りしようと思っているのです」

「お友だちと、何かあったのかい？」

「いいえ。大変なときなのに、遊びに行くわけには……」

気遣わしげに尋ねてくれるけれど、鶴は、今はもっと彼自身のことを気にかけてほしいと思う。それに、秋人に頼りにされたい気持ちもある。

「鶴がそんなふうに優しくしてくれるなら、俺も予定を入れるんじゃなかったな」

秋人はややきまり悪そうに言って、一瞬だけ男の子のほうへ視線をやり、問題がないのを確かめてから、鶴の頭を撫でた。

「行っておいで。せっかくできた友人だろう。鶴には、もっと遊ぶことも覚えてほしいし、何より、友だちにならできて、俺にはできない役目もあるからね」

「秋人さまにはできない……？」

「うん。たとえば、学校の思い出は、俺では作ってあげられない。でもとても大事なものだと思うんだ」

秋人の言葉を聞きながら、鶴は、彼が学生時代の話をしてくれたときの、まぶしげなまなざしを思い起こしていた。

「わたしも秋人さまみたいに、学校の思い出の話をしてみたいです」

「そのためには、たくさんお友だちと過ごさないと。学生時代って短いんだよ」

彼の言うとおりだ。鶴の友人たちも、卒業までもうあまり時間が残っていないというようなことを言っていた。たぶん、今年の春になってようやく友人と呼べる存在ができた鶴には、わかっていないことがたくさんあるのだろう。

「心配しなくても、その日、俺も友だちと会うことにしてきたんだ」

「！」

「フフ、やっぱり鶴のほうが嬉しそうだな。時間が経っていたから、すぐに連絡がつかないのもいて、少しずつね。ちょうどその日の夜に予定が空くというので、食事をしてくるよ」

「わあ……！」

「なんだか、鶴にすごく良い想像をされてる気がするなあ。きみたちみたいに可愛らしくはないね」

「…………」

秋人に可愛らしいと言われて、女学校の昼休みを思い出す。流行りの服装についての話などは可愛らしいのかもしれないが、必ずしもそれだけではない。

鶴の表情から何か察したのか、秋人は笑いを噛み殺していた。

「女の子も、いろいろあるみたいだな」

「……まあ、あの、いえ、はい……」

道に迷ったような鶴の返答に、秋人がまた笑みをこぼす。そんな彼を、そのかたわらで、男の子がずっと見つめていた。唇を引き結んだその子は、それからなぜか鶴を見てうなだれる。

「何だろうね？」

鶴の視線に気づいた秋人も、同じ仕草を見ていたようだ。だからといって男の子に声をかけるのではなく、鶴と目を合わせて首をかしげる。

「俺と鶴が仲良しだから、寂しいとか？　鶴は優しいから、『母さま』って呼んでみれば、甘やかしてくれるかもしれないよ」

「あっ……秋人さま！」

「フフ……。……それで、鶴。その日は俺の帰りが、けっこう遅くなりそうなんだ。迎えに行くから、鶴はお父上のところで待っていてくれるかい？　この家に、夜に鶴ひとりというのも心配でね」

「はい」

本当はせっかくの再会なら、秋人には気兼ねなく過ごしてほしい。けれど秋人の心配はもっともだし、万一、鶴に何かがあれば、醜聞として秋人にも響く。それに、正体不明の子どものこともある。

自分は、秋人の邪魔になっていないか。

頭の隅にちらと過るが、秋人の心遣いを裏切るような考えで、すぐに忘れようとした。

なぜそんなことを思ってしまうのだろうと、また自分が嫌になりそうだった。

第三章　偶然でも奇跡でも

期末試験の三日目を終え、普段より早い時間に学校を出た鶴は、下校の途中で電車を降り、帝都で一番華やかな地区へ足を運んだ。

鶴が学校帰りに寄り道をするのはいつも、人ならざるものの良くない気配を感じたときだった。けれど、今日は何かを追いかけているわけではないから、少しのんびり周りを見ることもできる。

街は、たくさんの人びとが行き交い、昼間の明るい活気にあふれて、たいそう賑やかだ。そこにときおり、鶴にしか見えないものたちが交じる。

謎の男の子が現れてから、三日が経った。

昨夜は話をしているうちに夕食が遅くなり、あれから秋人とゆっくり過ごすひまもなく、今朝も、仕事に行く彼と、彼にくっついている男の子を見送って、鶴もやや慌ただしく登校した。鶴がばたばたする羽目になったのは、家を出る直前に、秋人が変なことをしたからだ。

朝の玄関には、秋人と鶴、そして小さな男の子が揃っていた。

「今はちょっと奇妙だけれど、いつか子どもができたら、こんな感じなのかな。ひとり増えただけなのに、玄関が賑やかだね」

子どもに素っ気ないわりには、秋人は子どもを引き合いに出して楽しそうにする。うなずくべきか、秋人の呑気さに多少は釘を刺すべきか、決めかねた鶴が迷っていると、秋人は続けて、「でもしばらくは鶴とふたり暮らしがいいな」と言った。

鶴も秋人と同じ気持ちだった。子どもはまだ自分の手に負えない気がしたし、それに鶴も、秋人とふたりきりで、ほかを気にかけず過ごす日々を惜しいと思った。秋人もそう思ってくれているのも、嬉しかった。

問題はそのあとである。

鶴は秋人に「わたしもそう思います」と答えた。口から出ていく自分の声が、ほんの少しうわずったのを聞きとって、気恥ずかしくてつい目を伏せた。

そうしたら、秋人が。

ふと薔薇の香りが強くなって、どうしたのだろうと顔を上げたとき。

秋人はときどき鶴のつむじあたりくらいに頬を寄せるような仕草をするけれど、それとは違って、鶴の頬に触れたのは秋人の唇だった。

「……行ってきます」

自分がやったことのくせに、ほんのり照れたように微笑んで、秋人は放心する鶴を置いて出かけてしまった。

「秋人さまって……」

試験はなんとかこなした。でも気を抜くと彼のことばかり思い浮かんで、頭がいっぱいになる。今も、頬に触れてぼんやりしてしまった瞬間、人にぶつかりそうになって、鶴は大慌てで頭を下げた。

人でごった返す道を歩く経験は、鶴にはあまりない。

実家にいたころ、必要なものは義母が買ってきてくれて、鶴は買い物に行く必要もなかったし、登下校で寄り道もしなければ、お金も持ち歩いていなかった。

これは、友人たちも似たようなものだ。日用品や、電車通学ならそのための切符の購入は使用人の仕事で、こっそり寄り道をしたとしても、その支払いは登下校に付き添う女中がおこなう。平民の子で、付き添いの使用人を付けられていない娘であれば、多少の小遣いを持っていることもある。

鶴も、今は秋人がくれた小さな財布を通学鞄に入れていた。秋人は好きに使っていいと言うが、友人ができてからもまだ寄り道をしたことがなく、最初に渡されたぶんがそのままになっている。

だから当然、自分で買い物をするのも、これが初めてだった。

わざわざ一番人の多い地区まで来て百貨店を目指しているのだって、専門店を訪ねようにも、どんなお店がどこにあるのか、ほとんど知らないからだ。人ならざるものを追いかけ回しておおよその地理はわかるのに、さて買い物となると、お店の看板もあいまいにしか思い出せない。

欲しいのはお裁縫に使う糸。期末試験の、裁縫の課題は家で仕上げて提出することになっており、鶴は何度も練習したあげく、提出用のぶんを切らしたのである。使った糸をほどいて使い回すこともできたが、どうせいずれは学用品や身の回りのものをひとりで買いに出ることもあるだろうと、少し思い切ってみた。

日々の過ごし方が、秋人とふたりの暮らしとして、少しずつ変わってゆく。

だから、自分が変わったことに気づくたび、心がときめく。

入り口をくぐったときの緊張が解けないまま、内装まで豪華なデパートに気圧(けお)されつつ、案内係に裁縫用具の売場を尋ねた鶴は、やけに丁重に婚礼用品の豪奢(ごうしゃ)なお針箱を案内されて悲鳴を上げかけた。震え上がりながらなんとか事情を説明して事なきを得たが、糸ひとつ手に入れただけのはずなのに、鉛でも持ち帰ろうとしているかのような疲れを感じた。

店内は何もかもが目新しく、すべてがきらびやかに見える。興味がわかないわけではなかったけれど、心細くもあり、勝手がわからないままひとりで見て回るよりも、秋人に連れてきてもらったほうが、ずっと楽しそうだ、と思い直して店を出た。

(秋人さまが扱っていらっしゃるお品も、あの売場にあったりするのかな)

彼はどんなふうに売る物を見定めるのだろう。買い求める人たちは、きっとすてきな品物に目を輝かせるのに違いない。

秋人を思うと、体を内側からくすぐられたような心地になって、無性に駆けだしたくなる。糸を買ったときの緊張や疲れも、どこかへ行ってしまった。

さっきまで自分がいた店内の華やいだ様子に、秋人のすがたを重ねて思い浮かべながら、鶴はいつもよりはずむ足取りで電車の駅を目指した。

その途中、後ろから呼び止められる。

「お嬢さん、落とし物ですよ」

「え?」

振り返ると、軍服を着た青年が、鶴に大きな赤い石のついたかんざしを差し出していた。

鶴は装飾品に詳しくないからわからないけれど、石は透き通っていて、たぶん何かの宝石なのだろう。

「恐れ入りますが、わたしのものではありません」

鶴がそう言っても、青年はにこやかなまま手を引っ込めずにいる。鶴は困って相手を見上げた。

あまり、男性とともにはいたくない。結婚前の娘が、家族や婚約者以外の異性と接するのは、はしたないと見られてしまうからだ。

秋人は他人の口さがない評判など気にしないと言っていたけれど、鶴としては、自分の振る舞いのせいで秋人がおとしめられてしまうのを、気にせずにいられなかった。

「あの、落とし物でしたら、どなたかほかのかたが、困っていらっしゃると思います。交番に……」

「これは、あなたに似合うと思いますがね。蔵橋（くらはし）のお嬢さま」

「え……」

鶴の全身に緊張が走る。

知らない青年だ。他人とのかかわりが極端に薄かった鶴だから、会ったことがあるのに忘れたという可能性もない。

「……どちらさまでしょう」

いつでも走って逃げられるよう身構えながらも、姿勢を正して向き合った。名を知られているのなら、なおさら、品位のない娘だと思われるわけにいかなくなる。

青年は不審だが、堂々としていて、いかがわしさはなかった。背すじのまっすぐに伸びた安定感のある立ち姿からは、風格さえ感じられる。

彼はかんざしを手の中に握りなおし、その腕をきっちりと体の横に戻して、真正面から鶴を見据えた。

「私は、戸田正隆（とだまさたか）と申します。あなたと同じく、帝室にお仕えする者です」

かのようだった。

鶴は目を丸くした。雰囲気に加え、言葉の発音、その話しぶりも、彼の身分を裏付ける

鶴はあまり意識することがないとはいえ、自分たちの身分の本来は、まさに彼の言うとおりのもの。

「戸田さま。……宮様方の、ゆかりのお方でいらっしゃいますか」

いくらか気後れしながら問うと、戸田はにこやかに笑んで、言った。

「ずいぶん昔のことではありますが」

戸田家は、貴族の中でも帝室の親戚筋にあたる、とりわけ家格の高い家だ。鶴が、女学校の生徒のほかに貴族と接するのは、これが初めてである。

そのような人物が、なぜ、と戸惑う鶴に対し、戸田はごく自然なそぶりで鶴の前に立ち、ゆっくりと歩きはじめた。

ついてきなさい、というのだろう。往来ではそのほうが目立たず、たとえ誰かの目に留まったとしても、連れ立って歩く片方が軍人、さらに戸田ならば、少なくとも表立っては品のない噂（うわさ）は立ちにくい。

鶴が彼の少し後ろに従うと、彼は散歩の世間話とでもいうふうに、ゆったりと口をひらく。

「先ほどは失礼致しました。どうかご容赦下さい。あなたをお見かけするなど、たいそう

珍しくて、機会を逃したくなかったものですから」

「いえ……。あの……、わたしのことを、ご存じでいらしたのですね」

「不躾ですが、調べさせていただきました。蔵橋家のご令嬢が、婚約なさったと聞いて」

鶴の困惑は深まる一方だった。母に教えられた限りでは、鶴の生家、蔵橋家は、貴族ではあっても、家格は低いほうだ。大切なお役目があったのも、昔の話である。その婚約を、なぜ戸田家の者が気にかけたのか。

「お相手は、あなたとは身分が違う、平民の青年だそうですね」

「……はい」

うなずくのには、ほんの少しの抵抗があった。鶴や秋人を知らない人には、そう言い表されてしまう。

「驚きました。あの蔵橋家が、と」

「え？　うちが……何かございましたか？」

「もしかして、お嬢さまはご存じないのですか」

歩みを止めないまま、戸田は声音だけで驚いてみせた。

「家柄に、多少の違いはございますけれども、お相手は立派なかたで、差し支えがあるとは……」

「蔵橋家と言えば、今や我が国でも最も、と言ってよいくらい、古く、由緒正しい血を引く一族ですよ」

言葉を選ぶ鶴を待たず、戸田が思いも寄らぬことを告げた。

驚きのあまり足を止めそうになる。素知らぬふりで歩き続ける戸田に続きながら、鶴は懸命に平静を保とうとした。

(国で、最も古い、って……?)

確かに母は、母や鶴に流れる血を宝と呼び、遥(はる)かな昔から受け継がれてきたものと言っていた。だから、鶴もそれを誇りとし、受け継いでゆけというのが、母の教えだった。

でもそれは、貴族の家柄なら、珍しいことではないはずだ。

鶴の疑問を受けるように、戸田ははっきりした声音で言う。

「蔵橋家は、つまりあなたは、始祖の直系なのです。他家のように養子を迎えて跡継ぎとすることが決してなく、必ず父から子、その子が女であれば次は母から子へと、極めて厳格に、純粋な血を継いでいる」

「純粋な、血……」

「なぜなのでしょうね」

戸田が本当に理由を知らないのか、とぼけているのか、鶴には見分けがつかなかった。

心当たりならある。人とは違うことわりに在るものたちと交わることを可能にし、国を守ってきたという力、今の鶴にはほとんど残されていないそれを、伝えようとしたのだろう。

鶴の代でその力が消えかけているのは、長い時間をかけて、始祖の血が薄れたからなのだろうか。

「そのような家ですから、まさか、全く縁もゆかりもないところから婿取りをするとは、思いもしませんでした」

「わたしの父も、身分を持たない者だったと聞いておりますが」

「届出の記録によれば、お父上はある家柄の分家筋でいらっしゃるようですよ。身分としては、確かに貴族ではありませんが、蔵橋家とは血縁関係がおありのはずです」

「そう、でしたか……」

初耳だが、何を思うでもない。鶴にしてみれば、出自で、父の存在が意味を変えるわけではなかった。

秋人もそうだけれど、どんな身分で、どんな家柄の人であっても、父は父だ。

戸田に従って、一番華やかな区画を抜けた。行く手に濠（ほり）に囲まれた宮城（きゅうじょう）が見えてくる。

その厳かで高貴な領域は、鶴にとって、遠くから眺めるだけのものだった。戸田ならば、あの場所もまた、彼の生きる世界と言えるのだろう。

「お嫌ではありませんか」

昼を過ぎて、太陽は西の空にあり、前方から差してくる陽の光にまぶしく目を細めていると、戸田が出し抜けに足を止めて振り向いた。鶴も立ち止まって彼を見上げるが、逆光の影にある彼の表情は、よく見えない。

「え?」

「金はあっても、所詮はそれだけの平民です。そのような男は、あなたにはふさわしくないのでは?」

「…………」

鶴は息を詰め、それを意識してことさらゆっくりと吐き出した。戸田に正面から向き合って姿勢を正し、彼の視線が、鶴を確かに捉えるのを待つ。

暗い影の中にあっても、戸田の眼光は彼の身分にふさわしく力強いもので、その視線の動きはよく見えた。

「わたしがそのように思うことは、決してありません」

自分よりずっと格上であることが見るからにわかる相手と向き合うことは、ひどく息苦しくて、目を逸(そ)らして逃げ出したくもなる。

今の鶴を支えているのは、いつも鶴に微笑(ほほえ)みかけてくれる秋人のすがただった。

身分で侮られるようなひとじゃない。

思いを込めて、戸田を見返す。

ところが、彼は鶴のような少女の視線ごときで揺らいでくれなかった。

「何故ですか？　蔵橋家のご令嬢のお相手であれば、手をあげる家はいくらもあるでしょう。あなたは、もっと釣り合いのとれる相手を選ぶことができるはずだ」

「釣り合いというなら、わたしのほうが分不相応に思えるほど、素敵なかたです。思慮深く、お優しくて、わたしのような者でも、とても大切にしてくださいます」

「賢く優しい人間なら、私の知るご子息方にも何人もいますよ。彼らでも、あなたを大切にするでしょう。我々には帝室の側近くあるための美徳が求められていますから、乱暴な人間はそうおりません」

「…………」

戸田は、迂闊に否定させない言い回しをする。

秋人とほかの誰かは違う人で、たとえどんなに優れた人がいたとしても彼の代わりにはならないのだと、それを他人に証することのできる言葉が見つからない。

切なくて、胸が痛んだ。

「いかがでしょうか。よろしければ、どなたかご紹介することもできます」

「……いいえ……」

通学鞄の持ち手をぎゅっと握りしめて、鶴は戸田の提案を拒んだ。鞄の中には、秋人がくれた万年筆がある。もとは秋人が父親から贈られて大切に使っていたもので、鶴が、絶対になくしてはいけないもの。

「会ってみなければ、どのような人がいるのかもわからないのに？」

「もし……、より優れたかたがいらしたとしても……、戸田さまにとって、どれほど素晴らしく思えるかたであっても……」

自分の選ぶ言葉に自信はなくても、思いは揺らがない。だからこそ、うまく伝えられない不甲斐なさが苦しい。

自分のせいで秋人がみくびられてしまうと思うと、悔しくてたまらなかった。もっと優れたものであるべきなのは、鶴のほうだ。

「わたしには、秋人さま……わたしのお相手のかたが、この上ないひとに思えます。身分など、そのかたの素晴らしさを損ねるものではありません」

「あなたは、我々の身分を無価値だとおっしゃるのですか？」

「違います！　みなさまに、大切に守っていらっしゃるものがあるのは、承知しています。でも……、大切なものはそれだけではなくて……」

鶴がまず思い浮かべたのは、女学校の友人たちだった。ひとりひとり、それぞれ秀でたところがあって、集まってお喋りすると、話はどこまでも広がり、いっそう賑やかになる。

秋人は、彼に見えないものがあっても、鶴が教えてくれたらいいと言った。以前、港町に連れて行ってもらって、鶴が初めて海を見たときにも、彼は、人びとが海を越えて外国と行き来するようになったことを、より多くのものごとがわかるようになってゆくのだと言って、果てのない真っ青な海へと期待に満ちた目を向けていた。

たくさんの人たちがそれぞれのことを教えあって、自分たちの世界が、本当はどんなところなのか、少しずつ知ってゆける。

「わたしたちの身分に価値があるのなら、ほかの何かを受け持つひとだって、同じくらい、価値があるのだと、思います」

鶴と秋人は、まったく違う人間だ。違うからこそ、鶴は秋人に触れられたとき、彼の温かさを感じられる。秋人のぬくもりを、鶴はたからもののように思う。

「だから……平民であるからといって、あのかたが劣るところなんてない……本当に、優れたかたです」

「なるほど？」

鶴の懸命な訴えにも、戸田は軽く首をかしげるだけだった。

秋人はとても素敵なひとなのに、どうしてこの人にはそれがわからないのか。

悔しくて唇を引き結んだ鶴に対し、戸田は、ふと破顔した。

「世間が何と思うかはともかく……」

やや首をすくめて鶴と目線を合わせるようにしたその顔には、もの思わしげな気配もある。鶴は、彼は何を考えているのだろうと、じっと見上げていた。

「あなたは、彼をとても大切に思っているのだね」

秋人が優れた人であることはわかってくれないのに、何を今さら。

そう思ったことのほうは伝わったのか、戸田は気まずそうな笑みを作った。

屋敷の門の前に秋人の後ろすがたを見つけたとき、鶴はつい泣きそうになった。

「秋人さま！」

ちょうど帰宅したところだったのか、門扉に手をかけていた秋人は、鶴が半分悲鳴混じりに名を呼んだため、ひどく驚いたように振り向いた。

「鶴？　えっ？」

小走りに駆け寄ってくる鶴を迎え入れようとした彼が、鶴の背後を見て目を見開く。それでもちゃんと鶴の手を取り、「おかえり」と言ってくれることが、ますます鶴を泣きそうな気持ちにさせた。

安堵と、自分の不甲斐なさと、秋人への申し訳なさである。

「鶴、彼は？」

「あの……、下校途中でお会いして、家まで送ってくださると……」

宥めるように鶴の髪を撫でながら、秋人は眉を寄せた。それから鶴を庇うように背中に隠し、鶴の後ろから歩いてきていた戸田に目を移す。

「俺の鶴がお世話になったようで」

「お前、相変わらず車は使わないのか」

「えっ？」

思わず素っ頓狂な声を上げた鶴を、秋人が肩越しに見やる。彼は鶴の表情を見ただけで、何かを察したようだった。

「ひとの婚約者をいじめないでくれない？」

「お嬢さんには申し訳なく思っている」

「心の奥底から反省してくれ。俺の頭に蹴飛ばしたボールをぶつけたときの、少なくとも十倍は」

「お前の頭についてもそれは反省したから、十倍というのは難しいな……」

「鶴は俺の頭の百倍は大事なんだよ」

鶴は、秋人の頭もとても大事だ、と言いたかったが、会話に口を挟む不躾なまねはできなかった。だが、鶴を放ってはおかない秋人は、小さく息をついて振り返り、半身を譲って鶴に戸田を示してみせた。

「鶴、あれは俺の学生時代の友人」

そこまで言って、鶴にだけ聞こえるように声を潜め、「鶴のおかげで再会できたうちのひとり」と付け加えた。

鶴は、鶴にとってはるかに格上である相手を、『あれ』とぞんざいに指されて、目を白黒させた。秋人から戸田に目をやれば、たいそうきまり悪そうにしている。

その顔を見れば、鶴にもさすがに理解できた。

戸田は、鶴を試したのだ。彼が本当に憂慮していたのは、鶴についてではなく、秋人のことなのだろう。

ふたたび秋人を見上げると、秋人は、なんだかくすぐったそうに半端な笑みをうかべていた。

「秋人さま」

鶴が小さな声で呼ぶと、秋人が身を屈めてくれる。

「戸田さまがどうしてもわたしを送ってくださるとおっしゃったのは、秋人さまにお会いしたかったからなのですね」

秋人は鳩が豆鉄砲を食らったかのような顔をし、その顔を戸田に向けてしかめた。

「今後、二度と、俺を出しにして鶴に近づくなよ」

「心外だな。真実、お前に会いたかったのだというのに」

「やめろそれ」

芝居がかっておどけた戸田を一蹴した秋人だったが、その言葉や、表情はひどく嫌そうであるのにもかかわらず、そこから鶴が感じ取ったのは、気安さと、強い親しみの感情だった。

「鶴、中へ入ろう。今日も天気が良すぎるから、ここは暑いだろう」

「あの、戸田さまは……」

「秋人」

なかば戸田を無視するように彼から顔をそむけて、ことさらにこやかに鶴の背に手を添え、門の中へ誘おうとする秋人を、戸田が呼び止める。

「少しいいか」

秋人はふと笑みを消し、戸田へと視線をやって、わかっている、というふうにうなずいた。


柊木邸の応接室が使われるのは、鶴が来てからは初めてである。

鶴は秋人がお茶を淹れるのを手伝ったあと、ひとりで書庫に行った。やたらそわそわし、試験勉強はさっぱり手につかなくて、内容が頭に入ってこないまま教科書を眺めたり無意味にノートを広げたり、無駄にテーブルを散らかしてしまう。

秋人が呼びにきたときもそのありさまだったから、鶴は、たぶん学校に通い始めてから初めて、喜んで勉強を放り出した。母が亡くなったのちはまもなく義母が嫁いできて、行儀作法も芸事も家事もやることがなくなり、かといってほかにやりたいこともなく、無為な時間をつぶすために机に向かっていたことを思えば、むしろ有意義な放棄と言えるだろう。

「ひとりにしてごめんね」

「幼い子どもではありませんから、さすがにそのようなことを気にしていただかなくても大丈夫です」

鶴は、自分が秋人の顔を見て浮かれた自覚があって、気恥ずかしさについ言い訳じみたことを言ってしまった。よけいに恥ずかしくなって視線を逸らした先に、体の透けた小さな男の子を見つけて、存在を思い出す。

男の子は鶴に目を向けられて、本当に一瞬だったが、確かに笑った。嘲笑や敵対的なそれではなくて、嬉しそうにしたのだ。

「秋人さま、今日、その子に何か変わったことはありませんでしたか」

尋ねると、秋人は「なかったよ」と否定する。けれど、その顔には含みがあった。それを読み取ろうとして鶴がじっと見つめていたところ、彼の表情は悪戯がばれた子どものような薄い笑みへと変わる。

「ええとね……少しも相手にしなかったというのは、あるかな……」

「悲しませるようなことはいけないと申し上げたのに。怒って、襲いかかってこられたら、どうなさるのです」

口ではもっともなことを言いつつ、鶴の内心の半分くらいは男の子への同情だった。鶴と目があって喜んだのは、秋人に無視されたことが応えていたからなのだろう。

「鶴は本当に優しいね」

黙っていたのに筒抜けだったのか、秋人はしみじみとつぶやいた。

「あんまりひとのことばかりに心を砕いて、鶴がすり減ってしまわないか心配だな」

「秋人さまこそ、いつもご自分より、わたしのことばかり」

「鶴は特別だから、あの子とは違うよ」

「特別……」

鶴は、ふと何かをわかりかけたように感じた。秋人の言葉を小さく繰り返し、それが何なのか追いかけようとしたが、秋人に呼ばれて顔を上げる。

「ねえ鶴、正隆のことなんだけれど」

「あ……戸田さまとのお話は、もうよろしいのですか」

「あのね、もしよかったら、鶴も少し顔を出さないかい？　正隆が、きみに謝りたいって」

「謝って、いただくようなことは……」

鶴としては、いささか気まずい。目上の男の人にあんなふうにものを言って、礼儀のなっていない娘と思われてはいないだろうか。

もっとうまく受け流せばよかった。

あのときは必死になってしまったが、今となっては、自分の言葉のつたなさと振る舞いの不器用さに、ひたすら恥じらいがつのる。

「正隆が鶴に妙なことをしたらしいのは腹立たしいところだけど、まあ、本来悪い人ではないから、少しくらいは挽回(ばんかい)の機会をやってもいいかなと」

はっきりとは言わないまでも、秋人の口ぶりから、それが鶴のためになることであるのが感じ取れた。

秋人に連れられて応接室へ顔を出したら、ソファセットに座っていた戸田がさっと立ち上がり、鶴はそれだけで恐縮してしまった。縮こまる鶴に、戸田は「さっきは威勢のいいお嬢さんだったのに」と笑う。

「正隆、反省する気があるのかい？」

「もちろん。お嬢さん、先ほどは申し訳なかったね」

「いえ……こちらこそ……」

鶴が引き気味でいると、代わりに秋人が責める。

「本当にね。貸しにして許してあげるから、いつか返してよ」

秋人の口ぶりには笑みが滲(にじ)んでいて、応じる戸田も気安い雰囲気だった。

「お前ではないだろう」

「当然、鶴のだよ」

ね、と秋人に目を向けられて、鶴は震えた。戸田に貸しなんてとんでもない。秋人はそんな鶴を見て軽快に笑い、そのあとに、微笑(ほほえ)みながらも真面目な声音で言った。

「誰を相手にしていても、鶴にとって大切な何かがあって、退くべきでないところなら、退いてしまってはいけないよ」

「あの……戸田さまから、何を……」

「詳しいことは聞いていないけれど、ずいぶんいじわるをされたようだね」

「いえ、それは、その……。でも、お恥ずかしいところをお見せしてしまいましたけれど、戸田さまとお話しできて、よかったと思います」

戸田の言動は秋人のためだったと言えば、秋人が心を痛めてしまうだろうと思って、口ごもる。だが、秋人に、彼を思ってくれる友人がいるのだと知ることができたのは、嬉しいことだった。

「……何を話したのか聞き出したくなってきたな」

戸田との会話を思い出してほんのり微笑む鶴を見下ろし、秋人が呟(つぶや)いた。

「心配しなくても、お嬢さんはお前をひたすら褒めていただけだ」

「ひっ」

喉奥で悲鳴を詰まらせた鶴を、秋人と戸田が同時に見やる。

「鶴、褒めてくれたのなら、俺はとても嬉しいよ」

「お嬢さんを見ていると、結婚もいいものかもしれないと思えるな」

戸田は染み入るように言い、その言いようを受けて、秋人は鶴を片腕で抱き寄せた。

「俺も鶴と出会って、そう思うようになったよ。お前もいい人を見つけなよ。正隆は跡継ぎが必要なんだろう？」

「それを目的にして、条件だけを整えてというのは、あまりしたくないものだがね」

「だろうね」

頷（うなず）きつつも、秋人はこう続けた。

「けれど、きっかけはそういう出会いでも、それが奇跡でないとも限らない。そうだろ？」

「秋人お前、しばらく会わないうちにずいぶん夢見がちになったな。昔はリアリストだったのに」

秋人が鶴を見て微笑む。

「現実だからね」

鶴は、秋人に巻き込まれるかたちで戸田からのもの言いたげな視線を受けて、頬を赤くしながらうつむいた。ちら、と秋人を見ると、目が合った彼は、より大切そうに双眸（そうぼう）を細めて鶴を見下ろす。そうしながら、ゆったりと口をひらいた。

「まあ、でも、どれだけ綿密に計算したつもりでいたって、なかなか思うようにはいかないこともあると知ったよ。そういう意味では、学生のころのほうが夢見がちだったんだろう」

「秋人、いつの間にか大人になったなあ」

戸田にしみじみとそう言われ、秋人は鶴に向けていた優しい微笑みはそのままに、声音だけやや尖らせて言い返した。

「そういうこと言うとおじさんみたいだよね。正隆、昔から歳取って見られがちだし」

秋人のもの言いは、表情と声音に違いがあるぶん、より挑発的だ。それが秋人と戸田のあいだの遊びであるのは、鶴にも感じられた。

秋人が楽しそうにしているのは嬉しい。でも、巻き込まれるのはたまらない。

「お嬢さんからすれば、お前も似たようなものなのではないか？」

鶴は頭がくらくらするくらい激しく首を横に振った。軽口だとわかってはいるが、ふたりの会話についていくのは、鶴には荷が重すぎる。

「うちで鶴をいじめたら、叩き出すぞ」

目を回しかけた鶴をしっかり抱いて支えながら、秋人は戸田に言った。彼は身分にこだわらないと言っていたひとだが、それにしたって、鶴からすれば考えられない物腰である。

戸田は秋人のそんな言動を受けてもなお、むしろいっそう嬉しそうに見えた。

「大人になったと思ったが、訂正する。変わらんな、お前」

「そっちもね」

「こういう、小洒落たものをやたら集めているところも、昔からだ」

そう言って戸田が指したのは、テーブルの上の噴水盤だった。それは、秋人がお茶の用意をしていたとき、食堂にあったものを鶴がお盆に載せたものだ。涼を取るための装飾品なので、おもてなしに必要かと思ってしたことを、秋人は「あいつはこういうのと無縁だけど」と笑っていた。

戸田の様子から、秋人の言はまさにそうなのだろう。

ところが、秋人は戸田を軽く笑いとばして言った。

「それは鶴がいるからだよ。俺がひとりで水遊びして、何が楽しいんだ？」

「えっ……」

びっくりした鶴を見下ろして、秋人が微笑む。

「そういう、なんだか楽しそうなものを見て、楽しそうにしている鶴を見られるのがいいんだろう」

「お前、それを独り身の奴の前で言うと、十人中ふたりくらいからは刺されそうだな」

「そのふたりのうちひとりは君だったりするんだよな」

「よくわかっているじゃないか」

やり取りの言葉だけだと不穏かもしれないけれど、秋人も戸田も、柔らかな表情の、軽い口ぶりで言い合っている。

友だち、と、鶴の頭にはその言葉がうかんだ。

「……おふたりは、とても仲がよろしいのですね」

鶴には、戸田が少しうらやましかった。戸田と秋人のあいだには、鶴の知らない空気がある。

「私と秋人は、同じ釜の飯を食った仲だからね」

戸田が答えてくれた、と思ったら、秋人が否を言う。

「俺は寮生だったことはないから、その記憶は捏造だな」

「私も寮には入っていないな」

「発言がどうかしてるってこと、わかってるのかな。ねえ?」

鶴に同意を求められても困る。気の置けない友人との会話の中でも、気にかけてくれるのは嬉しかった。ただ、邪魔になっていないかとだけは考えてしまう。

「秋人、お前こそわかっていてとぼけるんじゃない。同じ釜はたとえで、苦楽をともにした仲だということですよ」

戸田は秋人を諌め、鶴へ丁寧に説いてくれた。秋人もうなずく。

「苦楽ねえ。懐かしいな。登校したら、前の夜に酔っぱらった学生が噴水に浸かって寝てたこともあったよね」

秋人と戸田は、鶴に対しては真面目に接してくれるのに、互いを相手にすると、すぐ違う調子になるようだった。

「もっとまともな記憶はないのか？　我が国の最高学府だぞ」

鶴の想像していた大学は、きわめて優れた人びとを集めた、権威ある教育機関だった。帝大の卒業者は、その多くが高い地位を得ているはずだ。

そんな場所で酔っぱらって夜を明かした話を、何年もあとになって蒸し返される学生がいるなんて、思っていたのとずいぶん違う。けれど、今しがた知った学生のすがたは、かつて秋人が語ってくれた彼の思い出の日々や、話をしていたときの彼の楽しげな様子を、より鮮やかにするようでもあった。

「フフ、鶴、驚いたかい？」

「えっと……大学って、もっと怖いところだと思っていました。とても優秀で、勉学に厳しい方々が通われていると……」

「みんなそれなりに頭は良いんだろうけど、いろんな人がいたね」

「そうだな」

戸田は頷き、鶴に目を向けた。

「我々の大学は身分を問わなかった。帝国の未来を担う優秀な人材を育成する機関で、期待に応えられる者ならば誰にでも門戸を開く」

　戸田の誇らしげな声を聞きながら、ふいに、目の前にいる青年ふたりが、ひどくまぶしく見えた。

　この国の、未来を担う人たち。

　そう呼ばれることについて、秋人にも戸田にも、少しも違和感はない。

「問われるのは身分ではなく能力だ。だから様々な人間がいて、秋人は、中でも優れたほうだったよ。将来は外交官にでもなるのかと思っていたが」

「自分だって軍人になっているじゃないか」

「まあ、ときにはそういう者もいる」

「そういう者しかいないけどね、俺とお前だと」

　戸田に言い返した秋人は、それから鶴を振り向いて、ちゃんとしたことを教えてくれた。

「実際は、官僚になった同期のほうが多いよ」

　帝大が官僚の育成を目的にしているらしいことは、鶴もなんとなく聞いたことがある。

　秋人がその道へ進まなかった理由は、父親が船の事故で亡くなって、急に跡を継ぐことになったからなのだろう。

　早くに家族を亡くし、会社を継いで守ってゆかなければならなかった大変な時期のほとんどを、彼はひとりぼっちで過ごした。そのことを思うと、鶴の胸はひりつくように痛む。

たとえそれがもう過去のことであっても、きっと鶴には想像もつかないほど苦しい思いをしただろうと思えば、そう容易(たやす)くは終わったことだと割り切れなかった。

でも、その痛みがあるから、今、秋人が友人と楽しそうに話している様子を目にして、いっそう嬉しい気持ちになる。同時に、やはり疎外感は拭えなかった。

(わたしは秋人さまに、何をして差し上げられるんだろう……)

もの思いに伏せた視線の先に、小さな影を捉える。相変わらず秋人の足もとにいる男の子は、姿勢を正して、うやうやしく頭を下げていた。

その対象は、秋人ではなく、戸田であるようだった。

いったい、どういうことなのか。

男の子のすがたは、戸田には見えていないように思える。秋人はまったく視線をやることなく見事に隠していて、戸田の目もまた、不審に動く気色はない。

不穏な気配は感じ取れないが、しかしながらどうにも奇妙な光景に、鶴は、そっと袖の中の真白(ましろ)を握った。

今は秋人にも声が聞こえてしまうからか、シロちゃんは気配さえ潜めているようだ。

「鶴、俺が将来の夢を叶(かな)えられなかった……と、思って、落ち込んでいるの?」

「……そうなのかな、と……」

鶴が奇妙に静かなことに、秋人はすぐに気づいてくれた。鶴の頭にあったのはそれだけではなかったものの、ひとまずおずおずうなずいてみせると、彼は「大丈夫なんだよ」と微笑(ほほえ)んでくれる。

「外交官になろうということ自体、いずれ父の跡を継ぐのに役に立つかな、と思っていたからなんだ」

「外国との取引をなさるから、ですか？」

「そう。人脈や、裏事情や。便利そうだろう？」

「便利……」

「お国のための仕事を踏み台扱い。不敬極まりない奴だ」

鶴がなんとなく思ってしまったことを、戸田はあっさり言い放った。もちろん、本気で責めている気配はないが、冗談というわけでもない調子である。秋人のほうも、戸田の心境を理解しているようで、戸田へというよりは、鶴に、戸田のことを弁解するように言った。

「国に忠誠を誓う正隆みたいなひとは、そう思うんだろう。でも俺の父や、俺の仕事だって、この国の人たちの暮らしをより豊かにするし、この国の繁栄にも大いに貢献しているのだから、いいじゃないか」

「人と、国のため、か。そういえば、高校のころから、そういうことを言っていた奴がいたな」

戸田が、ふと視線を宙にやり、懐かしげに目を細めた。秋人も、それが誰を指すのかわかっているふうだったが、彼は痛ましげな顔をしていた。

「あいつ、高校の卒業前にお父上が亡くなって、進学もやめてしまって……。困ったことがあったら力になってやるって言ったのに、結局、何もしてやれなかったな……」

悔やんで言う秋人がつらそうで、ひどく心配になる。慰めたいけれど、鶴には何も事情がわからないから、どうにもできないのが歯がゆい。

「大学に進んですぐ、お前も大変だったのだから、仕方がないだろう」

戸田が言ったことで、鶴ははっとして秋人に身を寄せ、彼を見上げた。

案じる鶴を、秋人が温かな瞳で見下ろす。

「家族を亡くしても、俺には、親身になってくれる大人がいてくれた。正隆だって、大学を続けるよう俺を説き伏せて、試験や課題で、ずいぶん力を貸してくれただろう」

秋人は、鶴と戸田の両方に向けて言ったようだった。鶴は安堵したが、戸田は渋い顔をした。

「だがお前はその後、私たちを遠ざけたな。妙な噂とやら、解決したから連絡を寄越したのだろうが、私まで、巻き込むことを気に病まずとも良かったのに、水くさいことだ」

「……俺が、ほかに方法を知らなかったんだよ」

戸田から逸らした視線を床に落として、秋人は言った。続けて、低く呟く。

「起こったこと、起こり得ると予想できることに、自分で片をつける力が、なかったんだ」

「自力でできないからこそ、人を頼るんだろう。他人には力になると言っておいて、自分ができないとは」

「あはは……もっともだけどね、人を頼るっていうのもまた、難しいよ」

力なく笑った秋人が、いつもより少し頼りなく、柔いまなざしで鶴を見た。

鶴にも、秋人にそう言わせた気持ちがわかる。

人ならざるもの――普通は人に見えず、聞こえもしない、今では幻覚や幻聴や、まやかしだと言われてしまうもののことを、誰かに信じてもらえると、思うほうが難しい。打ち明けようとするのが親しい相手であればあるほど、まともじゃないと見放されるのが怖くなる。

悪い噂から、会社を守るため。

親しい人たちを、屋敷(やしき)で起こる出来事に巻き込まないため。

そしてきっと、自分の心を守るために、秋人は、人を遠ざけることを選んだのだ。

彼が、戸田にどこまで顛末(てんまつ)を打ち明けているのか知らないから、鶴は何も言わず、ただ秋人に寄り添った。

「今後は頼ってほしいものだな」

戸田は秋人の様子を見て、何事かあったのは察したようで、釘(くぎ)を刺すように言った。

「正隆、ものすごく驚くことになるかも」

「では何事があっても、驚かない覚悟をしておこう」

妙に重々しくうなずく戸田に、秋人は可笑(おか)しそうに破顔して、「じゃあ、よろしく」と応じた。

「ところで、その寛則(ひろのり)には連絡していないのか。あいつは今、一族の当主として、立派にやっているぞ」

「そうか、正隆は同じ貴族だから、今も繋(つな)がりがあるのか」

「近況を軽く知っているくらいだ。昔のように、親しい付き合いはできていない。だからこそ、お前が連絡してやれば喜ぶだろう」

「どうかな。高校からそれっきりで、寛則も今さらだと思うんじゃないかな」

秋人にしては、珍しく弱腰だった。鶴は、先ほどの彼の沈痛な面もちといい、その友人は亡くなったように思っていたから、そうではないと知って、むしろ消極的な秋人を案じる気持ちがつのった。

「高校のころ、独りでいることの多かった寛則を、色々と巻き込んでいたのはお前ではないか、秋人」

「巻き込むって言い方が悪い。寛則が教室でもいつも独りで、班での課題のときも蚊帳(かや)の外だったから、毎回俺から声をかけて、そのうち仲良くなったんだ」

「なら、今回だって、お前から声をかけてもいいじゃないか」

戸田が言うのに合わせて、鶴も、自分を抱き寄せている秋人の腕に、そっと手を添えた。

秋人がちらりとそこを見やる。そのあと鶴の顔に視線を移したから、鶴は秋人と目を合わせて、声には出さないまでも、諦めないでほしいと願った。

「あいつは今、宮内省の……さっき話した例の件、あれにもかかわる部署に勤めている。私より、あいつに頼むほうが早いかもしれんぞ」

「そういう、利用価値があるから、みたいなのは嫌だな」

「そうでなくとも、お前が自分には連絡をくれなかったと知ったときのほうが、寛則も寂しいだろう」

「それは、正隆の言う通りかもね。びっくりするくらい真面目で義理堅い奴だったから、それこそ水臭いって怒りそうだ」

うなずいて、秋人は心配する鶴を改めて見下ろし、微笑んでみせる。

「近いうちに連絡してみるよ。あの話は別にして」

「それがよいだろう」

鶴は、戸田と秋人が言った『例の件』『あの話』が何か、気にならないわけではなかったが、秋人に鶴へ説明してくれる気配のないことから、疑問を差し挟めなかった。

それでも秋人が前向きになってくれただけで、十分だ。

そして、秋人を励ますことのできる戸田を、うらやましくも思った。


その日の夜、鶴は昼間に手を付けられなかった試験範囲のおさらいをしておこうと教科書を広げて、けれど、考えるのは秋人のことばかりだった。

「ねえ、シロちゃん」

呼びかけると、鶴のとなりに、真っ白な人のすがたが現れる。

「夜更かしは良くない」

「まだ、そこまで遅い時間じゃないよ」

鶴はため息をつきながら言った。確かに遅い時間ではないが、無為に過ごすくらいなら寝たほうがいい。

「さっきから、ずっと考えてしまうの。わたしは戸田さまみたいに、秋人さまの助けになってあげられない。わたしに何があるんだろう、って」

ここ最近、鶴は同じことで悩んでいる。それが、戸田と秋人の様子を知って、なおのことふくらんでしまった。

シロちゃんは同じ問いを繰り返す鶴に、やや呆れたように首を振った。

「そのような悩みなら、僕を相談相手にするのは不適当だろう。僕は、人のことには詳しくない」

「そう、だけど……」

鶴は、シロちゃんに突き放されたことに戸惑いを覚えた。今まで、シロちゃんは鶴のどんなことにも寄り添ってくれていた。ずいぶん甘やかされた自覚が鶴にはある。

鶴が衝撃を受けたことに気づいたらしく、シロちゃんは少し優しさを感じる声音で言った。

「お前が、人としてほかの人間とかかわるようになったから、僕が助言できるところではなくなったのだ」

頭を撫(な)でてくれる、温度のない手のひら。

その手は、鶴が、物語などから想像する母親や、兄や姉、祖母、そういったうちの誰かのようでもあり、しかしながら、そのどれもしっくりこない。

「僕の役目も、そのうち終わるのだろう」

「そんなことないよ」

シロちゃんの手は、ほかの誰かに代えられるものじゃないな、と思っていたところで、鶴は、シロちゃんがそう言い出すことに、心構えのひとつもなかった。

いっぽうで、シロちゃんの願いがこの世から消えることであると知っているから、まるで急かされたようにも感じ、焦りが生まれる。

自分で自分の力を使えないシロちゃんは、その力が脅威となってしまうことを憂慮している。鶴の実家に受け継がれてきたものの、鶴の前の何代かは、シロちゃんを認識する力もなく、鶴の母に至った時点で、シロちゃんの存在は忘れられていた。

たまたま、鶴がわずかに力を持って生まれ、シロちゃんとかかわりを持つことができたが、だからこそシロちゃんは、鶴に依り代を壊して、自分を消してくれるよう頼んだ。

「……たとえ、わたしが立派になって、シロちゃんがいなくても大丈夫になったとしても、シロちゃんがいなくなっていいって、わけじゃない」

「あるじであるお前が不要とするなら、僕が存在する理由もないだろう」

「……前に言ったとおり、誰かに壊されるのではなく、シロちゃんが自分で、終わりのときを決められるようにするって、わたし、諦めてないから」

鶴がはっきり告げると、シロちゃんは鶴を見返して数秒黙ったのち、低く言った。

「……僕など、早く壊してしまったほうが、お前の人生には良いだろうに。むしろ、初めからいなかったら、お前はもっと幸せだったかもしれない」

「そんなことない！」

鶴の声は、静かな夜に、強く響いた。

床を蹴って勢いよく立ち、そのせいで椅子が床に倒れるのにもかまわず、鶴はシロちゃんに詰め寄った。

「どうしてそんなこと言うの⁉」

「鶴⁉　いったいどうした、の……」

「秋人さま……！」

物音か、鶴の悲鳴のような声を聞いたか、秋人が慌てたように、ノックもなく部屋に飛び込んできた。彼は鶴に駆け寄ろうとして、途中で目を見開いて動きを止める。その足もとには幽霊の男の子もいて、シロちゃんを見上げて怯えたような顔をしていた。

「女の人……いや、男？　というか、その、姿は……」

シロちゃんは秋人を一瞥し、静かに鶴に言った。

「人ならざるものとのかかわりを持たず、一切、知ることもなければ、普通の人間として生きられただろう」

「…………！」

鶴が絶句しているうちに、シロちゃんはふっと消えてしまった。

思わず伸ばした手が空を切り、たたらを踏んで転びかけた鶴を、秋人が後ろから抱き留める。

「……なんで、そんなこと言うの……」

「鶴、大丈夫かい？」

呆然（ぼうぜん）としていた鶴は、秋人の心配そうな声で我に返った。秋人は力の抜けた鶴の体を、正面から向かい合うかたちに抱えなおした。

その表情には困惑もあるけれど、鶴を案じる色が強い。取り乱さず辛抱してくれている彼の冷静さのおかげで、鶴も少し落ち着きを取り戻した。

「秋人さま、どうして……」

「さっきまで少し仕事をしていて、お湯を使いに行こうと思っていたら、鶴の部屋から物音がしたから」

秋人の服装は、まだ夕食のときと同じだった。鶴は卓上の時計を見て、それからまた秋人を見上げる。

「こんな時間まで、無理はなさっていらっしゃいませんか」

鶴が尋ねると、秋人は予想外のことを言われたというふうに一瞬目を丸くし、気持ちを落ち着けるようにひと呼吸置いて、その目もとを和らげる。

「大丈夫だよ。俺のことより、きみは？　さっきの、あの、彼……でいいのかな、あれは……」

鶴の様子が尋常ではなかったからか、秋人は遠慮がちにしていた。自分も戸惑っているのに、鶴を先に気遣ってくれる秋人の優しさは、鶴にとって嬉（うれ）しくも、心苦しくもあった。

「ごめんなさい、秋人さま」

「何を謝るの？」

「お疲れのところを、こんな……。それに、シロちゃんのことも、本当は、きちんとご紹介すべきだったと思ったのです。秋人さまに、気を遣わせてばかり」

彼のために何かがしたいと思う気持ちはあるのに、気持ちだけで、実際はわずらわせてしまうことだらけだ。

うまくできないことばかりの自分が、本当に嫌になる。

「俺のことは気にしないで。俺がそうしたいと思っているだけなのだから」

「…………」

秋人はなぜそうも鶴を思ってくれるのだろう、と、どうしてもそれがわからないから、その優しさを、自分が受け取っていいのだと素直に思うこともできない。

「いったい、何があったんだい？」

穏やかな問いかけを受けて、鶴は口をひらいた。

「シロちゃん……秋人さまは『彼』とおっしゃったけれど、男のひとでも、女のひとでもないんです。わたしのご先祖さまが作った式神だから、性別がなくて」

「そう、なのか。式神なら、鶴に仕えているということ？」

「わたしは、そうは思っていません。シロちゃんは、わたしの血に従うもの、と言うけれど、わたしにとっては、お母さまのような、お父さまのような、兄や姉……友だち……。

どれとも少しずつ違うのですが、でも、そういう……。小さいころからずっと一緒で、いつも、わたしを見守ってくれて……」

鶴は、袖の上から、いつもその中に入れて肌身離さず持ち歩いている真白に触れながら、思いつくまま言葉を連ねた。

鶴にとって、シロちゃんは、ほかの何かに喩(たと)えようもなく『シロちゃん』なのだ。その感覚を人に伝えようとしても、表せる言葉が無い。

秋人には伝わってくれないだろうと、なかば諦めの気持ちで彼を見上げたら、秋人は鶴の予想と違って、浅くうなずいて微笑(ほほえ)んだ。でも少し、悲しげにも見える笑みだった。

「鶴の、大切な人、じゃないのか。何だろう、大切な……相手、なんだね」

「はい」

鶴が答えると、秋人は小さく息をついた。

それから「あのね」と柔らかなひと言を挟み、優しい声音のまま言う。

「大切な相手のことを、教えてくれなかったのは悲しい。今まで、俺に見えなかったから、信じないと思った？」

「違います！」

鶴の返事は、ほとんど悲鳴のようだった。

秋人を傷つけてしまった。そのことが、鶴にも強い痛みとして跳ね返ってくる。

「秋人さまのこと、わたし、信じています。本当に……」

「わかっているよ」

そう言ってくれた秋人が、今も本当にそう思えているのか、鶴にはわからなくなってきた。

「言わなかったのは、シロちゃんを誰かに紹介するなんて、今までそんなこと、機会さえなかったから……、思いつきも、しなくて」

「……そうか」

我ながら言い訳じみていると鶴自身が感じるものを、秋人がどう受け止めたか知るのさえ怖くて、鶴は彼の顔を見られなかった。それでも彼がくれた優しさが、今でも鶴のなかに消えず残っていて、せめてそれにだけは応えたい一心で言葉を続けた。

「さっきは、シロちゃんが、自分がいなかったほうが、わたしは幸せだったろうって、言ったんです。だからそんなことは絶対ないって、取り乱してしまって……」

「俺も、少し聞いてしまったね。そうしたら、普通の人間として生きられただろう、と」

「もしそうだったとして、そのわたしが、今のわたしより幸せかどうかなんて、わからないのに……」

そこまで言って、鶴はふと、あることに思い当たって顔を上げた。

じっと鶴を見ていた秋人と目が合う。彼を見ていると、涙がこみあげてきた。

「もし、そうだったら……、秋人さまと、出会うこともなかったかもしれない……」

「鶴……」

秋人が親指の腹で、そっと鶴の目もとを拭ってくれる。

「もし、俺に出会わなかったとしたら、もっと良い誰かと、出会えたかもしれないよ」

「……っ!?」

息が、止まるかと思った。ぽろぽろこぼれる涙は、もう秋人の指では止められず、鶴の頰を伝って落ちてゆく。

「いやです」

もっと良い誰か、などという存在さえ怖いと思うほどに、嫌だと思った。秋人ではないほかの人間を、鶴は想像できない。

秋人がそんなことを言った――秋人に言わせてしまったことそのものも、とても悲しかった。

自分が秋人の信頼を損ねてしまったから、秋人はそう考えたのだとしか思えない。

「嫌だと思ってくれるの?」

「絶対に……」

当たり前のはずのことを尋ねられ、鶴は涙で視界が滲むのにもかまわず、秋人をひたすら見つめていた。

言葉では足りないくらいの思いが、どうか伝わってほしいと願う。

けれど、鶴の答えを聞いた秋人が頰を緩めて微笑んでも、それが彼の本心の表れであったのか、鶴には見分けることができなかった。

彼が鶴の言葉を信じてくれたと、自信を持てなかったからだった。

第四章　きっと、遠くない『いつか』に

「えーッ何それぇ!?　かわいいー!」

試験明けで勉強から解放された休日、鶴は駒子と街へ出かける約束をしていた。

初めての、友人とのお出かけ、である。

その待ち合わせをしていた場所で、駒子は鶴を見つけるなり駆け寄ってきて、第一声で歓声を上げた。

今日の駒子の出で立ちは、休日に街歩きをする少女にふさわしく、華やかなワンピースだ。ごく淡い青緑色が夏らしく、彼女の栗色の巻き毛によく似合う。

「お鶴ちゃん、どこでそんな着こなしを覚えたのよ」

「……えへへ」

洋装の駒子に対し、鶴は小振袖に袴姿。ただし、通常は小振袖を袴の下に着付けるところ、鶴の装いでは、袴のほうを下に着付けて、小振袖を外に出し、上から半幅帯を結んでいた。丈を膝よりやや下くらいになるまで短く詰めた小振袖の裾は白く透けるレースで飾られ、その下の袴は黒よりも涼やかな印象の墨色。通学用のものより薄い絹の袴だから、

歩いたり、風が吹いたりするたび軽やかに揺れる。

そして、柄はなく、海のように深くも涼やかな青一色で仕立てられた小振袖は、夏のまぶしい日差しに鮮やかに映えた。真っ白な半幅帯がなお可憐である。帯締めは、花を象って編まれた銀鼠色のレース紐。

「ねえ、それどこのお仕立て？」

「あっ、えっと……どこ、だったかな……」

「えぇ〜」

鶴が言葉を濁すと、駒子は唇をとがらせた。

鶴のこの衣装は、秋人が持ってきたものだった。彼は自分の会社の服飾部門に鶴の衣服を見繕うよう依頼し、そこで自分たちの代表がまだ女学校に通う婚約者を迎えたと知った社員たちは、たいそう張り切ったのだという。

そうやって秋人が持ち帰ってきた衣服の中には、街に出回る前の型もある。今日の鶴の装いもそのうちのひとつだ。

「秘密ってこと？　見たことがないのよね、そういうの。最近って、わりと大柄が流行りだったじゃない？」

「そういえば、みんなのお召し物にも、よく大きなお花が咲いていたような……」

「なーんでそんな格好してる当のお鶴ちゃんがのんびりなのよ。今日のソレは誰の仕掛けきゃいけないし、裏方仕事が多いのに、お鶴ちゃんの格好、どうしてこんなにお似合いなのぉ？」

駒子に詰め寄られるほど、鶴は秋人を思い出してはにかんだ。

真っ青な着物と白い帯と半襟、墨色の袴、黒いブーツと、寒色で纏められた今日の装いの中、帯留めだけは朱色の大きなガラス玉で、陽光が当たるたび炎のような光の揺らめきが見える。このガラス玉を、今朝、秋人が手ずから帯締めに通し、鶴に飾ってくれた。

秋人は飛び抜けて大柄ではないが、すらりと背が高く、鶴に合わせるためには身を屈めなければならない。そうしたぶん、いつも見上げている秋人の顔が近くにあって、鶴は、ガラス玉を注視して伏し目がちでいた彼の表情を、息を潜めて見つめていた。

「ねえちょっと、お鶴ちゃん、聞こえてる？」

「……。……あっ、駒子さん」

秋人のことを思い出してぼうっとして、駒子に眼前で手を振られて現実に戻ってくる。

「なんかわかっちゃった。その服、お鶴ちゃんの恋人が選んだんでしょ」

「かわいいって言われなかった？」

「こい……っ、あっ、え？」

「い、言われた……」

「やっぱりね、そういうことね」

「えっ……!?」

「その人、趣味がいいのねぇ」

駒子は固まる鶴のまわりをくるくると三周ほどし、正面に戻ってきて、引いて眺めた。

鶴は頬を染めて立ち尽くし、そんな鶴の手を、にんまり笑った駒子が引く。

「さて、行きましょ！」

そうして、駒子と鶴が最初に入ったお店は、甘味処であった。

帝都の中でもひときわ華やかな地域でも、少し狭い通りに位置し、入り口は煉瓦壁に埋もれるような小さなドアと、あまり派手ではない。店内の調度品も落ち着いたものが選ばれていた。

上品だが、ハイカラなものを好む駒子にしては地味だ、と鶴は思った。

昼前の今は人もまばらで、女学生は目立つかと思われたが、隅のテーブルについた鶴たちを、ほかの客が気にする様子はなかった。

「お鶴ちゃんって、甘いものはどれが好きなの？　あんみつ、って言いそうな見た目してるけど、本当はプリンだったりする？」

「えっと、どっちも好きだよ」

「あら、ほんと？　ここのあんみつもプリンも、どちらもとってもおいしいのよ」

そう言って駒子が見せてくれたお品書きには、あんみつやプリンのほかにも、さまざまな甘味の名前が書かれていた。蒸しまんじゅうや羊羹やどら焼き、お団子に並んで、カステラやパウンドケーキ、ワッフル、エクレア、とある。甘いものならなんでもありそうだ。

鶴が何を選ぶかわくわくと待っている駒子に、鶴は少し迷ってから、ワッフルを指した。

「プリンじゃなくていいの？」

「どっちも、気になるけど……」

「じゃあ私がプリンにするわ」

鶴と駒子が注文を決めたら、今日、会ったときから駒子の隣にずっと付き添っている女性が、店員に伝えに行ってくれた。彼女は駒子の家の使用人で、今日の守り役なのである。いくら開かれた時代でも、さすがに、女学生ふたりきりでのお出かけは難しい。

彼女は戻ってきたのち、駒子の隣、鶴のはす向かいの席に座り、あとは静かに本を開いた。

鶴は秋人について市場に行くようになってから、女性だと、簡単な読み書きはできても、本や新聞が読めるほどの人はさほど多くないことを知った。駒子の家は、大きな商家だけあって、使用人の水準も高いのだろう。

駒子も使用人の扱いに慣れているようで、隣に人がいることをたいして気にしない。でも、初めは遠慮して立っていた彼女を自分の隣に座らせたり、注文に彼女のための品も追加したり、気遣いはする。

駒子を見ていることは、良家の子女の振る舞いを学ぶかのようだった。

「お鶴ちゃん、見てこのプリン！　とっても大きいの」

「え……わ……えっ？」

厨房から運ばれてきたプリンは、本当に大きかった。先日、秋人が見事な梨を食べさせてくれたが、その梨より大きい。

「プリンって、こんなに大きかったの……？」

「ここのが特別大きいのよ」

駒子は器用に片目を瞑ってみせ、鶴の口元に、そのプリンをひとかけ載せたスプーンを差し出した。

「ほら、お鶴ちゃん」

「えっ」

「お口あけて」

当たり前のように言う駒子につられ、そっと口をひらくと、そこにプリンを流し込まれる。舌先に触れたスプーンのひんやりとした感じが引いたあと、口の中いっぱいにとろけるような甘さが広がった。

「どう？」

「……ん、おいしい……！」

「そうでしょ」

駒子にうなずき返しながらも、鶴は、心のなかの、さらに潜めたところでこっそり、「でも、前に秋人さまと食べたプリンのほうがおいしかった」と思った。秋人と行った料理店で食べたプリンは、カラメルソースの苦みが強めで、固めに蒸されたプリンと合わせると、甘いのにほろ苦い不思議な味がした。

そのあと、自分のワッフルにりんごのジャムをつけていたところで、鶴は、ふと本題を思い出した。

「ねえ、駒子さん、今日ってお買い物の予定じゃ……」

「そうよ」

駒子は大きなプリンをゆったり食べ進めている。ひと口、すくったものを口に入れて味わい、飲み込んでから、彼女は言った。

「ここで作戦を立てるの」

「作戦？」

「だって、学校じゃ聞けなかったんだもの。お鶴ちゃん、今日は恋人への贈り物を買いに行きたいのよね？」

「……!? そんなこと言っ……言ってないよ！」

ワッフルを口に入れていなかったのが、不幸中の幸いである。動揺した鶴はジャムをつけるためのスプーンを取り落とし、それがお皿で跳ねる音さえ今は気にならなかった。

「あら、言ったわよ。お世話になっている人に贈り物をしたいって」

「うん」

「そういうことなんでしょ？」

「いっ、あっ、えっ」

駒子には大きな誤解があるが、今この場に限っては、言うことは間違っていない。鶴は確かにお世話になっている人に何かがしたいと駒子に相談したし、その人とは秋人で、婚約者なら、恋人の範疇となるだろう。

「だけど、お鶴ちゃんがどんなものを探しているのかとか、そういうのがぜんぜんわからないから、ここで会議するのよ」

駒子は、この街にはたくさんのお店があるからこそ、漫然と歩いていては限られた時間内で最上のものを手に入れることはできない、と語った。「お鶴ちゃんにとって、今、一番いいもの」と強調した駒子からは、商家の人間ゆえなのだろうか、強いこだわりが感じられた。

「それで、どんなものがいいの？」

「えっと、あの、それが……。ふつう、どんなものを贈るのか、よく、知らなくて……」

男性への贈り物など、当然したことがない。デパートに入ったのもついこの間が初めてで、そのほかの買い物の経験さえ、秋人に市場に連れて行ってもらうようになるまでは、ほとんどなかった。

そんな鶴には、そもそも、店にどのような品物があるのかという知識すら欠けている。

おずおずと打ち明けた鶴に対し、駒子は、面倒がるどころか、目を輝かせて応じた。

「わかったわ。じゃあ、そこからね。お鶴ちゃん、そのひとって、どんなものが好きなの？」

「えっ……」

「好みよ。ハマってるものとか、もしくは好きな色や、柄とか？　食べ物でもいいと思うわ」

「えっ……えっと……」

秋人の好きなもの。好きな色や、食べ物。

思い浮かべようとして、ひとつも知らないことに、衝撃を受けた。

「……っ」

「お鶴ちゃん？」

駒子がぎょっとしたように目を見開く。鶴はぎゅっと奥歯を嚙みしめてうつむいた。

「どうしたの？　そんな悲しい顔、するような話じゃなかったと思うけれど……」

「……知ら、なくて……」

「え？」

「わたし、知らなかったことにさえ、気づいていなかったの……」

秋人は、鶴のことをたくさん知ろうとしてくれたのに、鶴は秋人の好きな色ひとつ言えない。

「ねえ、お鶴ちゃん。お鶴ちゃんがそれを知らなくても、一緒に過ごす時間は、幸せなんでしょ？」

駒子の言葉に、鶴は顔を上げた。少し呆れたような表情は、無知な鶴を馬鹿にするものではなくて、小さな子どもを見るようである。

「お相手のかたもそうだったから、お鶴ちゃんが、そういうものを知る必要さえなかったんじゃないの」

「そんなことって、ある？」

「さあ。それはお鶴ちゃんとお相手のかた次第じゃない？」

「う……」

鶴と一緒にいるとき、秋人はたいてい穏やかに笑っている。

鶴がいることを嬉しいと言ってくれて、鶴がいる暮らしで楽しそうにしている。

「……あ……」

「何かあった？」

「あのね……一緒に、……。……いるのは、好きって、言ってた」

一緒に料理をするのが好き。秋人が口にしたのはそれだが、事情を知らない駒子には明かせず、半端に省略するしかなかった。

その結果。

「いきなりすっごいのろけるわね」

駒子は、今度こそ本当に呆れて鶴を見た。

「それなら、お鶴ちゃんがしてくれることなら、何でも嬉しいんじゃないかしらね」

「そうかな……」

「喜ばないようなひとなの？　そのひと」

「ううん、そんなことない。とても優しいひとだもの」

秋人は、鶴のすることなら何でも喜んでくれるだろう。だからこそ、本当に喜んでもらえるものが何なのか、わからないというのはある。

「優しいひと、ねえ……」

秋人の優しさはけた違いだが、形容としては珍しいものではないだろうに、駒子は疑わしげに鶴の言葉を繰り返した。

「それって、本当かしら」

「えっ!?　どういうこと？」

駒子には、貶(けな)すような否定的な気配はない。微笑(ほほえ)みをうかべて遠い目をし、鶴越しに秋人を見ようとしているかのようだった。

「私もね、よく言われるの、優しいのね、って。でもべつにそうじゃないのよね」

「駒子さんは、優しいひとだよ！」

驚いた鶴が口を挟むと、駒子は鶴を宥めるようにうなずいてみせた。

「ありがとう。だけど、私が優しいのには理由があるのよ」

「理由……？」

戸惑う鶴へ、駒子はすぐには答えず、代わりに問いかけた。

「お鶴ちゃんこそ、いつも優しい気持ちを持っているわよね。私たちとのお喋りだって、慣れないのに頑張ってくれて」

「そんな……そんなこと、それは、わたしこそ、みんなとお話しできて、嬉しいから……」

「じゃあ、嬉しくなかったら、優しくはしてくれないのかしら」

「……うん」

鶴の情けないところ。駒子に隠しても意味はないから、鶴は小さな声で肯定した。

駒子は知っているはずだ。かつての鶴が、どんなふうだったか。

「みんながわたしに、みんなと一緒にいることがどんなに嬉しいか、教えてくれていなかったら、わたし、今でも誰ともお話ししていないと思う……」

「私も同じよ。お友だちのみんなや、下級生の子たちが可愛くて、好きだから、優しくしたいと思うの」

「好きだから……」

「そうよ。私は、誰にでもは優しくないわ。たとえ最初は優しくしてあげなくちゃって気持ちがあったとしても、そのひとを好きになれなかったら、いつまでも優しくなんてできないもの」

そうでしょ、と駒子が同意を求めてくる。

「……うん」

鶴には、誰かに優しくしたという覚えはない。けれど、駒子が鶴の振る舞いを見て優しいと言うのなら、それは、鶴が駒子や、友人たちを好ましく思っていて、彼らと一緒にいたくて、みんなに笑っていてほしいと願うからだ。みなが幸せだと、鶴も嬉しい。

「そのひともそうなんじゃない？」

「そう、って？」

「お鶴ちゃんのことが好きだから、特別に優しくしてくれるのよ。してくれるっていうか、つい、そうしちゃう、かしら」

言い直して、駒子はくすくす笑った。

「特別……」

秋人の口からも聞いた言葉だ。

「……あのね」

鶴は、遠慮がちに駒子を見た。言おうとしていることは、もしかしたら、駒子の楽しい気持ちを台無しにしてしまうかもしれない。

それでも、どうしても知りたかった。

「わたし、どうしてそのひとが、わたしを好きでいてくれるのか、わからないの」

一昨日の夜、シロちゃんをきっかけに鶴が彼の信頼を損ねてからも、秋人の態度はそれまでと変わらなかった。

変わらないように努めてくれているのだと感じている。

それはたぶん、秋人がまだ、鶴とともにいることを望んでくれているからだ。

「そのひとね、わたしに、いつもとっても優しいの。でも、わたしはそんなに好きでいてもらえるほど、すばらしい人間じゃないのに」

「……そうねぇ」

駒子は思案げに指を唇に押し当てた。

「ごめんなさい、こんな、楽しくない話……」

「え？　私は楽しいわよ」

「えっ？」

「まあその、楽しいって言っちゃったら悪いけど、でも、友だち同士だから相談しあえることじゃない、そういうの。悩みごとって、ひとりで考えてもどうしようもないけど、それで誰かに話を聞いてもらおうって思ったとき、その相手になれるのは、友人としてとっても嬉しいわ」

駒子は、プリンを口に入れているときよりも、もっと嬉しそうな笑みをうかべていた。

「……わたしも、駒子さんと同じかも。相談してくれたら嬉しい。……そのひと、にも、優しいばかりじゃなくて、困ったことや、悲しいことがあったときに、助けてって言ってほしい」

「お鶴ちゃんがそう思うのって、どうして？　そのひとが優しくしてくれるから？　お鶴ちゃんは、どうしてそのひとを、好きなの？」

「……………」

鶴は目を伏せ、秋人を思い浮かべながら、考える。

「優しくて……わたしに声をかけてくれて……いろんなことを、教えてくれて……わたしの話を、聞いてくれて……？」

「あら」

いつかと同じように、秋人の良いところを連ねても、どうにも釈然としない気持ちでいたら、駒子が心外そうな声を上げた。彼女はスプーンを置いて身を乗り出し、テーブルの向かいから腕を伸ばして鶴の頬に手をかけ、顔を上げさせた。

そして、意味ありげな流し目で鶴を見る。

「私だって、お鶴ちゃんにとびきり優しくしてあげるわ。わからないことがあったら、ほら、ペンの字も、お手紙の書き方も、教えてあげたじゃない。あんなふうに、何でも教えてあげる。ほかにも、お鶴ちゃんが困っているなら助けてあげるわよ。話だって、いくらでも聞くわ」

突然雰囲気が変わって戸惑う鶴に、駒子は誘うように言う。

「どう？　私のこと、好きになってくれる？」

「……駒子さんのこと、好き、だよ」

「そのひとよりも？」

「…………」

秋人と駒子を比べるのは難しかった。ふたりとも大切だが、鶴は、それぞれを『好き』と表しても、言葉に込める気持ちは、違うもののように感じる。

「……優しくしてくれて、いろんなことを教えてくれて、話を聞いてくれるって、とっても嬉しい、けど……駒子さんを、そのひとと同じようには、好きにならない、かも……」

なんとなく申し訳ない気がして、鶴がおずおず言うと、駒子は明るく声を上げて笑った。

「そうでしょ！」

そして、鶴の頰を優しくひと撫(な)でして、体を戻す。

「気持ちって、そういうところもあるものじゃない？　何かがあるからとか、ないからとか、そればっかりじゃないわよ」

「そっか……。だけど、それでもわたし、そのひとに何かしてあげられるようになりたいな……」

秋人に喜んでほしい。幸せでいてほしい。彼に何もあげられない自分ではいたくない。そんなことばかり思う。

自分に何ができるだろう、と思い悩む鶴を見て、駒子が優しく笑った。

「ほんとうにそのひとが好きなのね、お鶴ちゃんって」

「………うん」

鶴は、柔らかい日差しの色をしたりんごのジャムを、スプーンの先でつつきながら、小さな声でうなずいた。


鶴が秋人の好みを知らないせいで、何の作戦も立てられなかった会議を終え、甘味処を出てから、鶴と駒子は何軒かあるデパートを順に回っていた。駒子が言うには、目的のものがあるなら近隣の専門店のほうが良いこともあるが、デパートも、引けを取らないくらいの品物を取り扱っているらしい。

「専門店のほうが、店主さんご自身が目利きだったり、ちょっとした掘り出し物があったりするの。でもデパートだって数が多くないのと、専門の人がいつもいてくれるわけじゃないってところが専門店には劣るけど、品質は十分よね」

そんなことを言いながら入った一軒目のデパートで、いくらも見て回らないうちにお店の人が飛んできた。

「桐谷のお嬢さま、本日はどのような……」

「お友だちとお出かけなの。案内は必要ありませんから、どうぞお構いなく」

店員は駒子に次いで、その少し後ろにいた鶴に目を移し、なぜかはっとしたような顔をしてから、丁重に一礼して去っていった。

「さすが、あの人も目が良いわね」

「だから遠くからでも駒子さんがよく見えたんだね」

鶴が感心すると、駒子に肩を小突かれる。

「何言ってるの、そんなわけないでしょ。私のことはその場にいたお店のかたから伝達が行っただけ。そうじゃなくて、お鶴ちゃんのことね。ものすっごく良いおうちの子が来たな、と思ったのよ、あの顔」

言われて自分の体を見下ろし、今日はいっとう良いものを着ているから、と納得した。

二軒目でも同様のことがあって、鶴は駒子の顔の広さに驚き、ひどく感心した。それを言うと、駒子は肩をすくめる。

「このあたりのデパートは、お父さまと取引があるから、家族ぐるみで顔を覚えられているのよ」

「駒子さんのおうちは、海外のお品ものを扱っているんだよね」

「そうよ。中でも、洋反物や、装飾品、毛皮とか。うちからの卸しだけではなくて、いろいろ、ご挨拶まわりのお品や、家具とか、パーティの準備品などを揃えていただくこともあるから、なかなかの付き合いね」

「そうなんだ」

「うちだけじゃなくて、学校のみなさんのおうちも、それぞれこの辺りのデパートとはお付き合いがあると思うわ。担当してくださる社員さんがいて、必要なものがあれば、そのかたにお願いするといいの」

デパートには幅広い品物があるのは知っていたが、そのような仕組みがあるのは知らなかった。

買い物のしかたにも、お店のことにもよく通じていて、店を訪れたら挨拶と用件をうかがいに来る人がいて、売場を歩くにも慣れた様子でさまになっている。

駒子の隣で、鶴は、自分が少し惨めだった。

裁縫糸ひとつでおろおろしていた鶴とは大違いだ。きっと、ほかの子たちだって、デパートを歩くのも、買い物をするのも、お店の人や、使用人への接し方も、十分心得ているのだろう。

鶴が、以前よりもいろんなことができるようになってきた、と喜んでいることを、普通の娘なら、当たり前にやっているのだ。それに今さら喜ぶ鶴は、はたから見て、ずいぶん幼稚でお粗末なのに違いない。

「お鶴ちゃん、どうかした？」

「……ううん。お店にたくさん、すてきなものがあるから、どれがいいんだろうって、考えてしまって」

振る舞いを取り繕うことだけは、昔からできた。とっさの会話でも口からは滑らかな嘘が出ていって、こんなことはうまくなったのかな、と自分を嗤う。

次のお店へ移ったとき、気落ちしていたことと、三軒目になってそろそろ疲れを感じはじめたところで、思いも寄らぬ事態に遭遇した。

「……あら、珍しい」

鶴が陳列棚にある花器を眺めていたら、隣にいた駒子がふと売場の入り口のほうを見て、意外そうな声を上げた。

「駒子さん、どうした、の……」

駒子の視線を追って、鶴は固まった。

「前にちょっと話題になったじゃない？　あのひとよ、柊木さまって」

よく知っている。鶴は首を縦に振りながら、そっと、駒子の後ろに隠れた。

自分でも、なぜそうしたのかはわからない。

秋人は仕事で訪れているのか、数人の店員を従えながら売場の一角へ足を向けようとし、その直前に、なぜかこちらを見た。鶴は亀のように首を引っ込め、駒子の背中に張り付いた。

「お鶴ちゃん、男の人苦手なの？」

駒子が不思議そうに尋ねてくるが、答える余裕がない。

「こんにちは、桐谷のお嬢さま」

「ごきげんよう。よく憶（おぼ）えていらっしゃいましたね。顔を合わせたのは、ほとんどご挨拶したときのみであったように思いますけれど」

「お父上に、よくお世話になりますので」

慣れ親しんだ声なのに、いつもと少し違って聞こえる。鶴がそろりと駒子の肩から目から上だけを覗（のぞ）かせると、秋人と視線が合って微笑（ほほえ）まれる。

鶴はまた頭を隠した。

「ご友人ですか」

秋人は鶴の様子から、何かを察してくれたようだった。それにほっとするのに、まるで他人のような言葉が胸に刺さる。

「ええ、学校の同級生です。とってもいい子なんですけれど、人見知りで」

駒子の口調もよそ行きのものだ。

今ここで、秋人を婚約者だと紹介してしまえばいい。駒子の誤解を解く絶好の機会だし、そうでなかったとしても、きちんとしたほうがいいに決まっている。

わかっているのに、どうしても体が動かなかった。

秋人は駒子と二言、三言交わして、あっさり踵(きびす)を返す。普段のゆったりとしたすがたではなく、きちんとベストもジャケットも身につけて、伸びた背すじに合わせてしわの入らない背中が綺麗(きれい)だ。

なんだか、遠いひとみたいだった。実際に遠ざけたのは鶴のほうで、そんなふうに思うのは筋違いだと頭ではわかっても、心のむなしさはどうしようもない。

その秋人の足もとには、あの男の子がいた。

まだ幼いにもかかわらず、おとなしく秋人に付き従い、品のよい洋装とあいまって、違和感なくこの場に溶け込んでいる。

もし、秋人に子どもがいるとしたら、きっとあんなふうに賢そうな子で、その母親は、やはり立派なひとなのだろう。あの子が鶴に素っ気ないのは、鶴のような娘は、あの子の母親とはほど遠く、鶴が秋人のとなりにいるのが気に入らないからだ。

秋人を疑うわけではないけれど、そう思わずにいられなかった。

「柊木さまも輸出入に携わっていらして、洋反物や装飾品あたりはうちと被るのよね。でもあちらは石炭や鉄の輸入も、別の会社を立てておこなっていらっしゃるから、うちよりだいぶ手広いの。流行を取り入れるのも早くて、いつも競争になるって、お父さまが言っていたわ」

「そう、なんだ……」

駒子のほうが、よっぽど秋人を知っている。悔しさより、悲しみが勝った。

駒子のように利発で、こんな場でも堂々と振る舞える娘こそ、ここにいる秋人にはふさわしいのではないか。

そんなことまで考えてしまって、涙が出そうになる。

「お鶴ちゃん、大丈夫？　よほど怖かったのね」

駒子が優しく背中を撫でてくれる。勘違いから来るその気遣いが、なおさら申し訳なく、惨めだった。駒子も秋人も、ほかの誰も悪くはなくて、鶴が不出来だから、自分で自分を追い詰めただけだ。

昔、母に礼儀作法や芸事の手ほどきを受けていたころの気持ちがよみがえってくる。目指す姿は見えているのに、現実の自分はどうしてもそうなれない。

母の期待にも、鶴はひとつも応えられなかった。

秋人は何を思っただろう。

婚約者なのに、友人に紹介することもせず、あまつさえ、隠れてばかりだった鶴の態度は、不愉快だったに違いない。

自分の至らなさで秋人に嫌な思いをさせてしまったことが、ひたすらに悲しかった。


駒子と別れたのち、鶴はそれまで何とか保っていた姿勢をくずして、うつむきがちにとぼとぼ生家への道のりをたどった。

ほんの数ヶ月前までろくに手入れもされず色褪せてぼろぼろだった実家は、秋人の支援で修復が進み、だいぶ小綺麗になっている。まるで知らない家みたいで、よそよそしい感じだ。

それでも、玄関で新しくなった呼び鈴を鳴らし、奥から義母が小走りに出迎えてくれるのを見たときはほっとした。

「お帰りなさいませ、お嬢さま」

義母は相変わらず鶴に使用人のような言葉遣いをするが、その表情には前とは違って気安さがあり、親しげである。後妻としてこの家に入ったものの、彼女は鶴の父と『鶴の世話をしてくれるなら』という契約で結婚していた。

「……ただいま帰りました」

秋人と婚約して住まいを移していても、「おかえり」と言ってくれる。それに「ただいま」と返事をするのは、どうにも口がむずむずする。義母は大きな笑顔でうなずいて、嬉しそうに鶴を迎え入れた。

鶴が靴を脱いでいると、もうひとつ、いくらか気ぜわしげな足音が聞こえてくる。鶴は急いでブーツの紐をほどき、玄関に上がって姿勢を正した。

「……おかえりなさい、……鶴」

「ただいま、帰りました」

気恥ずかしそうに名を呼ばれて、なんだか鶴にも恥じらいが移ってしまう。

「お父さま」

鶴が応えると、鶴の父は、生真面目そうな面差しを緩めた。

「街に出ると聞いて心配していましたが、大丈夫でしたか」

「はい。友人のおうちから、付き添いのかたが来てくださっておりましたし、……楽しい時間を過ごしてまいりました」

「それはよろしゅうございました」

父はやけに重々しくうなずき、そして立ち尽くす。そんな父の代わりに、義母が彼の気持ちを教えてくれた。

「お嬢さま、実はお夕飯の準備にまだ少しかかるのです。よろしければ、旦那さまとお茶はいかがですか」

「お義母さまのお手伝いは……」

「お気持ちだけ。どうぞゆっくりなさってください。旦那さまは、お嬢さまと過ごすのを、それは楽しみにしておられたのです」

義母が父を目線で示す。それなのに、父は遠慮がちに言った。

「お疲れでしたら、自室でお休みになってもよいのですよ」

鶴は幼いころから、この父には嫌われていると思っていた。目も合わせず、ほとんど口もきかず。名前を呼んでくれることもない。それが、貴族であり、貴い身分を持つという鶴への過剰な気遣いがひっくり返った結果だったというのを、この春に知ったばかりだ。

「街は人も多いですし、たくさん歩いて、さぞ大変でしたでしょう。私のことはかまいませんから」

そうしてようやっと交流を持つようになった今、父は、鶴を豆腐か何かと勘違いしているふしがある。

「お父さま、少しお出かけをするくらい、どうということはありません」

もし、鶴がお出かけどころか、人ならざるものを追いかけて街を駆け回ることもあると知ったら、この父は卒倒するのではなかろうか。

鶴が人ならざるものを見聞きすることや、彼らとかかわりがあること、シロちゃんのことも、父や義母には言えていない。それを後ろめたくも思うと同時に、彼らが人ならざるもののことを知らなくても、この家はこんなに優しい場所だったのかと、自分の鈍さに辟易(へきえき)しつつ、温かい気持ちにもなる。

　そこでふと、戸田(とだ)の言っていたことを思い出した。

蔵橋(くらはし)家は、古い血を守り続けてきた一族。父は婿養子で、その血を引くのは、鶴ひとりだ。

　この父は、そのあたりをどのくらい知っているのだろう。

「居間に、お茶とお菓子をお持ちしますね。お嬢さまはお団子と大福、どちらがよろしいでしょう」

「どちらもお出しすれば良いのではないか」

「お父さま、それではお腹(なか)がいっぱいになってしまいます」

　実は、鶴はデパートを出たあとにも、駒子に喫茶店に連れて行ってもらっていた。そこで駒子おすすめのパフェを食べたから、今でさえ甘味はもう十分なほどである。

　だが、父は鶴をじっと見つめてから、眉を寄せた。

「そんなにお小さくては心配になります。もう少し……」

「旦那さま、女性にそれは禁句です。お食事の量も、男性を基準にしてはなりません」

　義母がぴしゃりと言って、鶴に笑いかける。

「ちゃんとお肌のようすも血色もよろしくて、ご健康そうではありませんか。可愛らしい、年ごろの娘さんですよ。青いお召し物なんて、顔色が悪くてはこんなに映えませんもの。お嬢さま、今日はいっそうすてきなお姿ですねえ」

「ありがとうございます。……その……、秋人さまが、選んでくださいました」

「まあ、それはそれは。旦那さま、ここはお嬢さまと先様が仲睦まじくて、喜ぶところです」

鶴がはにかみながら秋人の名を出したところで、微妙に眉を寄せた父を義母がたしなめる。

以前は水に沈んだように静まりかえっていたこの家が、こんなに明るく賑やかになることがあるなんて、想像もしなかった。

家族というにはまだ少しだけぎこちないけれど、帰ってきてもよい場所なのだと感じさせてくれる。

鶴も父も口下手だから、義母がいなければどうなるかと少しだけ不安もあったが、居間で父と向かい合ってみれば、案外杞憂だった。

「暑い日が続いていますが、お体の調子はいかがですか」

「元気にしています。秋人さまが、過ごしやすいように気を遣ってくださって。お父さま、噴水盤をご覧になったことはおありですか？」

「いいえ。どのようなものですか？」

「テーブルの上に置く、小さな噴水なのです。……えっと、秋人さまがご説明くださったのですが、お水を注ぐ容器がふたつあって、上の容器にお水を貯めると、中に閉じこめられている空気を押して……。少しお待ちいただけますか」

口頭で説明するのに限界を感じた鶴は、街歩きに持って行った小ぶりな鞄から紙とペンを出して、図を描いて見せた。父が座布団から腰を浮かせ、身を乗り出して見てくれるのが嬉しい。

「鶴は、絵が上手ですねえ。なるほど、秋人くんの好きそうなものです」

秋人が好きそう、という言葉に、はっとする。

「……でも、秋人さまは、おひとりのときはこういうものは使わなかったそうなのです。……わたしと一緒に見るのが、楽しい、って」

秋人の好きなものはなんだろうと考える。

今日、街でも、さまざまなものを見た。綺麗な絵付けの陶磁器、繊細なガラス細工、手の込んだ工芸品、美しい宝石。

どれも見事な品だったのに、鶴は、どれにもあまり心惹かれなかった。

秋人はどうなのだろう。

思い悩む鶴を、穏やかな笑みをうかべた父が見ていた。

「……あなたとの縁談は、秋人くんにとっても、大変よいものだったようですね」

「そう、でしょうか」

「あなたを気に入らない人間はいない……と思うのは父親のさがなのかもしれませんが、今のお話を聞いて、私はそう感じましたよ」

父の低い声は、昔と違って、とても温かく聞こえた。

「……お父さまはどうして、わたしなどを、気に入らない人間はいないとまで思うのでしょう……」

父は少し驚いた顔をし、次いでやや困り顔になり、結局、なぜか微笑(ほほえ)んだ。

「私のもとに来てくれた、私の娘。私の特別になる理由として、十分です」

「特別、って……」

「納得し難(がた)いかもしれませんが、多くの理由を持たないからこそ『特別』なのでしょう。理由があって納得できるなら、それは『妥当』ですから」

「あ……」

納得はできない。なのに、鶴にも父の言う『特別』がわかった気がした。

互いに目を合わせることができなかった日々が嘘(うそ)のように、父は慈しみに満ちたまなざしで鶴を見つめている。

「……お父さま。家事もうまくできない、人と接することにも未熟なわたしが、秋人さまのように優れたかたの、妻になれるのでしょうか。もっとすてきな女の人は、たくさんいるのに」

秋人は、鶴と一緒にいて楽しそうだし、鶴のことをよく褒めてくれる。でも本当の鶴は、秋人が思っているほど良いものではなくて、できないことばかりだ。

鶴より良いひとは、いくらでもいる。

たとえ今は彼にとっての『特別』だとしても、秋人がそれに気づいてしまったときのことが、鶴にはどうしても不安だった。

父は鶴の悩みごとを聞いても、なぜか穏やかな顔をしていた。

「夫婦には、不思議な相性があるものです。優れた人が必ずしもよき妻、よき夫とは限らず、逆もまた然りで、不器用な人が、不思議とぴたりと添うこともある」

「優れた人のほうが、たくさんのことを、うまくできるように思うのですが……」

「鶴。私は、あなたのお母上とは、うまくやっていけませんでした。その影響をこうむったのがあなたですから、よくご存じでしょう」

申し訳なさそうに苦く笑いながらそのことに触れる父からは、今は後悔よりも、懐かしそうな気配を感じた。同じ家に暮らしていても、互いに顔を合わせていなかった父と母。

鶴は、どちらも決して悪い人とは思っていない。

「あなたのお母上は、とても優れた人でしたね」

「……はい。今も、わたしのお手本のような……。母のようになれず、情けなく思うことがあります」

「それほどの方なのに、私とはうまくいかなかったのです」

父が体をひねるようにして、自分の斜め後ろを見た。そこは襖だが、その方向には台所がある。体を戻し、彼はまた鶴と向き合った。

「もしも、優れた人間のほうが、夫婦としてうまくやっていけるのだとしたら、私はトヨ子よりも、淑子さまと、より夫婦らしくいられたのではないでしょうか」

「…………」

鶴は、母がどのような人柄であったのか、よく憶えていない。とても立派なひとだったということと、叱られた記憶は強くあるのに、それ以外は、いまいち思い出せなかった。

「もちろん、昔の私は今よりも未熟で、うまくできないことも多くありました。けれど、トヨ子を迎えてから、私が全くの別人になったということもありません。相変わらず、何かと至らない人間です。それなのに、トヨ子とはうまくやれている。もちろん、彼女のおかげではありますが」

済まなそうにしているのは、鶴への負い目があるからだろう。

鶴は、人ならざるものと親しくしていることを、他人にはわかってもらえないと思い込み、人と積極的にかかわろうとしてこなかった自分を知っているから、父ばかりが悪いのではない、と思っている。

だが父の言う通り、鶴の目から見ても、実の母とより、そして鶴とよりも、父と義母は家族らしい。

「人との縁は、その人が優れているかどうかでは決まらないもののようですよ」

「…………」

父の言葉は、母を届かない憧れとする鶴には、強い効き目があった。

「秋人くんのところで暮らすようになって、あなたは元気で、秋人くんも楽しそうにしている。大変よろしいではありませんか」

「たった、それだけで……」

「『たったそれだけ』を手に入れるのは、案外難しいものです。そうは思いませんか」

父は寂しそうに弱い微笑みをみせた。

鶴は、この家で、自分が過ごしてきた時間を思った。

楽しい思い出はほとんどなく、安らげる場所ではなかった。自分で「たったそれだけ」と言ったものを、十数年も、鶴は持たなかったのだ。

「秋人さまは、わたしが優れたひとではなくても、かまわないと思ってくださるでしょうか」

鶴がつぶやくと父は難しい顔をしたが、堪えるように姿勢を正して、口をひらいた。

「あなたを優れていないなどと言うなら、私からお断りしたいくらいですが……、でも、それは鶴と秋人くんとの問題なので、私が何かを言っても仕方がありません」

「……はい」

秋人がどう思うかは、彼にしかわからない。鶴がそれを知るすべは、秋人に向き合うことだけだ。

知りたいと思う。その思いを、鶴は大事に胸にしまい込んだ。

「ところで、鶴。あなたのお耳に入れておきたい話があります」

軽く息をつき、鶴が落ち着いたところで、父はやや硬い声で言った。あまり良くない予感がして顔をしかめた鶴に、彼は「そう心配することはないと思うのですが」と前置きをしてから話しはじめた。

「実は、宮内省に届け出ていた婚約について、差し戻されてしまったのです」

「え……」

「詳細がわからないので、近日中に、事情を知る方に詳しくお話をお聞きするつもりです。念のため、あなたにも伝えておいたほうがよいかと思いまして」

鶴は、胸に冷たい氷を放り込まれたかのように感じた。

動揺する自分を抑え、息を吸う。宮内省は、鶴が感情的になったところで、到底太刀打ちできない相手だという意識があった。それだけに、堪えるしかない。

「秋人さまでは、いけないと……言われている、のでしょうか……」

「気になるのは確かに身分ですが、秋人くんほどの社会的地位があれば、それほど強く反対されることでもないと思うのですけれどね。許可しないという決定ではなく、差し戻しですから、ともかく事情を聞いてみます」

それで安心できるほど、鶴は楽観的な性格をしていない。

鶴は膝の上で揃えていた手をぎゅっと握って、恐ろしい想像に耐えようとした。

今まで、つらいことがあっても、耐えてやり過ごしてきた。そもそも、人の世のほとんどのことが、どうでもよかった。

秋人と出会うまでは、自分が家のために結婚し、鶴の意思なんて無いもののように扱われて生きるのだとしても、そういうものだと諦めていた。

それで平気なふりが、できていたのに。

もし、宮内省が秋人との結婚を許可しないと言ったとしたら——。

鶴は、そこで考えるのをやめた。

まだ何もわからないし、それ以上を思い浮かべるのは、耐えられない気がした。

「心配させたくてこの話をしたのではないのです。よい機会かと思いまして。もし、あなたがこの婚約について思うことがあるなら、再申請をしないことで白紙に戻すことができます」

父が思いがけないことを言い出し、弾（はじ）かれたように顔を上げた。父は相変わらず生真面目な顔で、鶴の返事を待っている。

以前、同じようなことを問われたとき、鶴は秋人のそばにいると答えた。

今は、あのときと同じ気持ちにはなれない。当たり前のように秋人のそばにいていいのだと思っていた自分が、あまりに幼く思える。

「……。もう一度、お願いしていただけますか」

「よろしいのですね」

「はい」

鶴は、父に向けてはっきりとうなずいた。それから、少しためらいつつ、呟（つぶや）くように言う。

「秋人さまと、もし出会うことができていなかったら、ということを、考えたことがあるのです」

「何かあったのですか」

「いいえ。ただ、今がとてもしあわせだから、つい……。考えただけで、何もかもを、失ってしまったかのような心地が、しました……。自分を、秋人さまの妻になるのに相応（ふさわ）しくないかもしれないなどと思いながら、秋人さまと出会えずにいたら、と考えると、とても怖かったのです」

鶴は、自分の矛盾に気づいて、なんとも情けない気分だった。

人を結びつけるものが単なる優劣ではないのだとしたら、きっと、秋人と出会えたことそのものや、今、彼と笑っていられる日々こそ、彼と自分の拠りどころになる。

鶴とともにいて笑ってくれる秋人の笑顔や、彼がくれる優しさも、そのみなもとにあるという気持ちも、裏切るような選択はしたくなかった。

もしも、秋人がまだ、鶴とともに居たいと思ってくれるのなら。

シロちゃんのことや、今日の昼間の出来事を思えば、胸を突き刺すような痛みに襲われる。鶴はそれに耐えて父に告げた。

「わたし、秋人さまと一緒に……ずっと一緒に、います」

父は目を瞠り、そして、鶴が人生で初めて見るほどの満面の笑みを浮かべた。

「そうですか……」

彼はしみじみとうなずき、深く息を吐きだしてから、思い出したように言った。

「それではもう一件、あなたへの結婚の申し込みについては、お断りしておきますね」

「えっ？」

予想もしていなかったことを言われて鶴が驚くと、父はやや困ったように眉を寄せた。

実は、と語り出すも、ためらいがちである。

「中川寛則、という方を、鶴はご存じですか？　貴族の、中川家の方なのだそうですが」

「中川というお家ならば、お母さまに教えていただいた、貴族の系譜の中に、あったようにも思いますが……」

寛則、という名前は、最近、戸田と秋人の会話で耳にした。どうやらその人も貴族であるようだが、かといって、鶴とは関係がないし、その人に限らず、結婚を申し込んでくるような男性に心当たりはなかった。

少し考えたのち、鶴は首を横に振った。

「知らない人です」

貴族の婚姻について、鶴はどのような経緯でまとめられるものかをよく知らない。孝子の相手は兄の幼なじみだったが、顔を知らない相手とも縁談はあるという。

この申し込みのようなことも、よくあるのだろうか。

「そうですか。いったいどのようにして、あなたをお知りになったのでしょうね……」

父が、届出を差し戻された話をしたときよりも憂鬱そうな顔をしていたことが、鶴には気がかりだった。

「お父さまとお母さまの縁談は、どのように進められたのですか？」

「蔵橋家の決まりごとのようでした。どうやら分家筋に序列があって、上位の家に適当な相手がいない場合、順に下を当たっていたようです。私はずいぶん遠く、貴族の位を持たない家の出ですが、家格よりも、とにかく血筋を重視するようですね」

「それでしたら、わたしのお相手って……」

　本来は、秋人ではない？

　口に出して明確にしてしまうことさえ怖くて、鶴は声を詰まらせた。そんな鶴に、父は顔を曇らせたまま首を横に振った。

「私は、あなたにはこのような決まりごとではなく、あなたのための縁組をしようと決心していました。淑子さまの相手が私であったように、分家筋も多くは残っておらず、あなたの相手として適当な人間も、実はほとんどいません。義父上……あなたのお祖父さまですね。彼が、あなたが生まれる前に亡くなったことで、あなたに縁談を強制できる人間が居ないことも幸いでした」

　父の話を聞きながら、鶴は、父の鶴への思いやりを温かく感じるとともに、頭の冷静な部分で、父は蔵橋の家が古い血を守ってきたことについて、詳細は知らないようだ、と考えていた。

　それでつい難しい顔をしてしまっていたのか、父は申し訳なさそうに鶴に頭を下げた。

「本来なら、私のようなほとんど外の人間が、家の決まりを破ってはならなかったのかもしれません。けれど私は、あなたには、あなた自身の幸せのことも、考えてほしいのです」

「お父さまのお気持ちを、わたしはとても幸せに思います。秋人さまと出会えたのも、お父さまのおかげです。感謝しています」

鶴の幸せ。鶴の望むように生きてゆくこと。

父だけではなく、シロちゃんにも、近ごろ似たようなことを言われていた。

そう願ってもらえることそのものが、きっととても幸せなことだろうと思う。でも、幸せのかたちはとても曖昧で、何をしてゆけばいいのかは、まだよくわかっていない。

世界が変わってゆくのを、ここでも、鶴は感じ取った。

ただ血を継ぐためだけの存在だった蔵橋家の娘に、父が新しい道を拓いてくれた。まだ誰もその先へ行ったことがないから、何が起こって、何をすべきか、知る人もいないのだ。

それを、怖いとは思わなかった。その初めに、一緒に歩いてゆくひとと出会えたから。


その日、今までに見たこともないほど豪勢な夕食が出た。

塩焼きのスズキの白い身はふっくらしていて、そのうえ鯵は南蛮漬けに、そこに冬瓜の冷や汁、オクラと茄子の煮浸し、つるむらさきの酢の物、ししとうとかぼちゃとイカの天ぷら、きゅうりの梅しそ巻き、と続く。茄子は胡麻味噌田楽、かぼちゃは柔らかく煮て裏ごしされ、甘い箸休めとしても並んでいる。さらには、うなぎの茶碗蒸し。水菓子は杏と桃。

鶴が暮らしていたころに使っていたお膳には載りきらず、大きな座卓のある応接室で食事をすることになった。

ところ狭しと並ぶ料理を見て、鶴は、父が自分のぶんのお団子も食べさせようとしてきたのを、ちゃんと断れていてよかった、と思う。

張り切りすぎたと笑う義母に微笑(ほほえ)み返して、父と義母の向かいに座る。来客用の調度を使っているにもかかわらず、かつて、静かな居間でお膳を前にしていたときよりも、家族の食事だと感じた。

そうして気が緩んだからか、鶴は、この家にいたころには決してしなかった失敗をした。

「……あ、この、茶碗蒸し……」

「お口に合いませんでしたか？」

「あっ……いいえ。申し訳ありません、お食事中に」

秋人とでは、ふたりきりということもあり、いくらか言葉を交わしながら食事をするのが日常だった。それは、鶴が彼の家に移ってからの習慣で、この家では食事中に雑談をすることはない。

慌てて不作法を詫(わ)びたが、義母には誤解を与えてしまったし、両親は困ったように顔を見合わせている。どうすべきかと焦っていたところ、父が言った。

「構わないのではありませんか。せっかくみなが揃っているのですから。ともに過ごす時間は、楽しいほうがよいでしょう」

「……………」

食事中に話をしないこと。好き嫌いなどを言わないこと。

鶴が母に躾けられた食事の作法を、秋人も、父も、同じような理由で取り払う。

鶴はまず父を見、それからおずおずと義母へ目を移した。

「その……茶碗蒸しの、卵のお味が、秋人さまの作られるものと、少し違って……。とてもおいしいのです。でも、このお出汁はどういうふうに違うのだろうと、気になって」

「鰹節が違うのですかねえ。昆布も、どこで採れたものかによって、味が違うとも言いますが」

義母は鶴の言葉を聞いて、いきいきと瞳を輝かせた。自分の茶碗蒸しを見下ろしながら、首をかしげる。

「あとは、具の鶏肉かもしれません。それか椎茸。普段は、何を使われていらっしゃるのでしょうね」

「鰹節も昆布も、お肉もお野菜も、秋人さまはほとんどご自身で市場に行って選ばれるのです。わたしはまだ、よいお野菜を見分けられないのですが、秋人さまは、お野菜も果物も、一番おいしいものをすぐ見つけてしまわれます」

父母は、また顔を見合わせた。次に口をひらいたのは義母だった。

「お嬢さまも、一緒にお料理をなさっておいでなのですか？」

「はい。秋人さまに教えていただいて、……まだ、ほんの少しですけれども」

「鶴、手を怪我したり、やけどしたりはしないのですか？」

鶴は、心配そうな父に顔を向けて微笑む。

「ときどきあります。ですが、そうしてお料理ができるようになってゆくのが、とても嬉しいのです」

かつてこの家で、米が炊けずに泣いてばかりだった鶴だけれど、あのころの自分に、やり方をちゃんと知ればできるようになるよと、言ってあげたい。自分はこんなこともうまくできない人間なのだと泣いて震えていたのに、今の鶴は卵焼きもきれいに焼けるようになってきた。

泣く必要なんて本当はなくて、ちゃんとできるようになる人間で、だから――。

（……いつかは、できるようになるって……、大丈夫だって）

過去の自分に向けようとした言葉が、今の自分へと返ってくる。

「鶴、どうしましたか？」

お椀を持ったまま物思いにふけって、父を心配させてしまった。なんでもないのだと言いかけて、ふと、思いついたことを答える。

「……、このお料理がおいしくて、秋人さまのお口にも合うかなと、考えていたのです。

お義母さま、今度、冷や汁の作り方を、教えてくださいませんか」

「もちろんです」

変な顔をした父を横に置いて、義母は満面の笑みでうなずく。

秋人は喜んでくれるだろうか。一度目は鶴が作って、二度目からは一緒に作ることを思い浮かべた。

やがて来る〝いつか〟を信じたい。そのときには、鶴の隣で、秋人に笑っていてほしい。


秋人が鶴を迎えにきたころ、夜はずいぶん更けていて、珍しく車を使った。車内では運転手が気になってしまう鶴のために、秋人もあまり話しかけてこなかったが、車を降りて門から玄関まで鶴の手を引いてくれながら、彼は「俺も運転許可証をもらおうかなあ」と言った。

「鶴とふたりなら、車で出かけるのも楽しそうだ」

慣れきった短い道のりでも、真っ暗だと少し危ないところを、秋人が手を繫いでいてくれたら平気だ。

秋人の手を強く感じながら、鶴は、婚約の差し戻しについて考えていた。

秋人が自分と結婚する意味に悩んだり、彼にふさわしいのかと落ち込んだり、そういうことができたのは、結局、秋人と結婚する未来を疑わなかったからだ、と気づかされた。いざそうならない可能性を突きつけられて、鶴が真っ先に考えたのは、婚約を進めるにはどうしたらいいのかということだった。

思い悩む余裕はない。鶴の手を優しく握ってくれる秋人の温かさを、どうしたら失わずにすむかにばかり頭を働かせている。

「鶴は、どこへ行きたい？」

「どこでも……。秋人さまが一緒にいてくださったら、どこに行っても、きっと楽しいです」

玄関の鍵を開けようとしていた秋人が、驚いたように動きを止める。鶴のほうへ顔を向けた気配があったけれど、暗くてよく見えない。彼もそうだったのか、手早く鍵を回して中に入り、玄関の明かりをつけた。

もう夜も遅くて、家に着いたら、すぐに就寝の挨拶をして離ればなれになるのだろうと思っていた。だから鶴は秋人から離れずにいて、何かを言いかけた彼を遮り、そっとその袖を握った。

袖を捕まえるのは、幼いころからシロちゃんに対しておこなうくせだったが、いつの間にか秋人にもそうするようになっている。でも、同じように袖を引いていても、鶴の感じている気持ちは、シロちゃんと秋人とではまったく違う。

シロちゃんには甘えたいばかりだった。秋人には甘える気持ちとともに、もっと近くにいたい気持ちも抱く。本当は手を引きたいのだけれど、まだそれができなくて、袖を引くのだ。

「秋人さま、昼間のこと……、ごめんなさい。あのとき、わたし、自分がみっともなく思えて、秋人さまにふさわしくない気がして……」

じっと鶴を見つめながら、黙って鶴の言葉を聞いていた秋人が、手首を返して袖に絡む鶴の手を取り、優しく握りこむ。そうしながら身をいつもより低く屈(かが)め、鶴と同じ高さに視線を合わせた。

「鶴。きみがそんなふうに思ってしまうことは、しかたがないと思う。誰にだって、そういうときはあるから」

鶴は、すぐ近くに見える秋人の瞳にうかぶ何かを理解したかった。彼はいつでも鶴をわかってくれようとして、それは決して特別な方法ではなかった。

相手のことをよく見て、その言葉を聞いて、そのひとに、目も耳も、そのひとを感じるためのぜんぶを澄ます。秋人も、彼が実は人ではない何かというのでない限り、鶴と同じものしか持たないはずだ。

「でもね、俺はきみに、このことを心に留めておいてほしいと思う。俺がどれほど鶴を可(か)愛(わい)くてすてきな子だと思って、そばにいてほしいのだと言ったって、鶴が、そんなふうに言われる自分を認めてあげられなかったら、俺の気持ちも、本当には鶴に受け取ってもらえないんだ」

秋人のまなざしや、言葉から滲(にじ)むのは、寂しくて悲しい思いだった。鶴に気持ちが伝わらないから、彼は鶴との隔たりを感じている。

鶴は唇を引き結んだ。

どうしようもなく胸が締め付けられて、今すぐ、その隔たりを越えたくて、それでも、今の自分にはできないと感じてしまった。鶴は幼いころからずっと抱いていた後ろ向きな気持ちをすぐにはなくせないし、秋人とは、今まで生きてきた場所も、考え方も、大きく違う。

でも、これからがある。

「秋人さまのお気持ち、嬉しいんです。それだけは本当で……」

鶴の手を握る秋人の力が少しだけ強くなって、鶴も、応えるように握り返した。

どうして好きでいてくれるんだろう。

秋人を疑ってはいないし、『特別』もわかる気がするのに、まだ『なぜ』が消えない。

それを消してしまえる自分になりたい。

「いつか、ちゃんと受け取れるようになります」

この夏のはじめのころに、秋人は、わからないこと、まだできないことがあるのは、何かができるようになる余地があるということ、と言って、楽しそうに笑っていた。

「だから、そのときを、楽しみに待っていただけませんか」

虚を衝かれたように、秋人が目を丸くした。彼は幾度か瞬きをして、きょとんとしている。

「秋人さまが待っていてくださるなら、わたし、絶対にできるようになると思えるんです」

秋人のまなざしを受け止めていると、鶴の心にはさざ波がたつ。揺れ動く心は、鶴を今のままにはしておかない。

何かが好きだとか、何かをできるようになりたいだとか、もっと近くにいたいとか。生まれてくる思いが、鶴を動かしてくれる。

秋人は、鶴を動かす、強い力だ。

「……うん」

どこかぼんやりしていた秋人がうなずき、ゆっくりと顔をほころばせる。かと思えば、彼は鶴の手を引いて、鶴を閉じ込めるように抱きしめた。

昼間の暑気が残るせいか、秋人の体は、いつもより熱く感じられた。

「いつまでも待てるよ」

「いつまでも、だと、わたしがいつまでもできないみたい、なので……」

鶴は、速い鼓動に震えてしまいそうな唇を懸命に動かして言った。秋人が鶴の耳元で笑う。

「俺の言いたいこと、本当はわかっているんだろう？」

「う……」

たとえはじめはわかっていなくても、そういうふうに言われたらわからないわけがない。

ぎゅっと目をつむると、秋人の薔薇（ばら）の香りがいっそう強くなったように感じた。鶴の好きな花。鶴に『好き』を教えてくれたひと。

「ご期待に、応えられるよう、がんばります」

いっぱいいっぱいの気持ちぜんぶを、言葉に込める。

「うん」

うなずく秋人の声も満ち足りていて、鶴は秋人と、ひとつ、前に進めたのかもしれない、と思えた。

第五章　教えてほしいこと

秋人と就寝の挨拶をして別れたとき、鶴は、彼の足もとにいる男の子がうらやましかった。あの子は秋人についていって、ずっと一緒にいられるのだ。

いいなあ、と思いつつ、ひとりの時間も鶴には必要だった。

寝る前に机に向かい、今日、街で買ってきたものを広げる。駒子とデパートを見て回っていたとき、そこにある品物のどれを買おうにも、秋人から預かっているお金しか持たないことに気づいて、贈り物は選べなかった。

鶴が買ったのは、美しい便せん。

鶴にとっては高価だが、デパートの中ではさほど高価ではないもので、秋人の厚意に甘えさせてもらうことにした。

夏らしい水色をした紙に、白い罫線が入っている。色合いは、遠い空のようでも、浅い海のようでもあった。

秋人からもらった万年筆を手に、ずっと考えていたことを、ゆっくりと便せんにしたためる。ほんの短い文章だから、すぐに書き終えてしまって、鶴はしばらく、便せんと、自分の書いた文字を見下ろしていた。

この家に来てまもなくのころ、秋人は打ち解けようとともに過ごす時間を持ってくれたけれど、鶴は秋人とうまく話をすることができずに、そんな自分に落ち込んだ。たぶん、鶴の沈んだ気持ちは秋人に筒抜けだったのだろう。出会って数日もせず、秋人は便せんに簡素な問いを書いて、毎朝鶴に手渡すようになった。朝渡されるそれに、鶴は返事を書いて、夕食のときに返す。鶴の返事を見て、秋人が会話を導いてくれる。そんなやり取りを繰り返しながら、鶴は少しずつ、人と触れあうことを覚えていった。

「……。ねえ、シロちゃん」

『……どうした』

シロちゃんが返事をしてくれるまでに、少し間があった。珍しい、と思う。鶴が呼べば、いつも、すぐさま応えてくれたのに。

「最近、シロちゃんとあんまり話していないような気がして」

『必要がないからな』

「必要、って……」

必要がなくても、前はよく話をしていたのに、と寂しくなって、思い当たる。

放課後や、夜の時間。以前はシロちゃんしかいなかったそのときを、今の鶴は、友人や、秋人とも分かち合う。

ほかのひとと過ごす時間が増えたぶん、シロちゃんとの時間が減っていった。ごく自然なことだ。

「寂しいよ、シロちゃん」

口ではそう言いながら、鶴が思い浮かべていたのは、シロちゃんではなかった。

もっと一緒にいたい。

卒業が近づく友人たち、やっと笑いあえるようになった両親、それから、今も同じ家の中にいるのに、それでさえ遠くてもどかしい秋人と。

ほんの少し前まで持て余すほどだった時間が、今ではもう足りない。鶴は、シロちゃんみたいに長い時間を持たず、たとえ鶴が持っていたとしても、秋人になくては意味がない。

「シロちゃんが、わたしにいつか自分を消してほしいって言った理由、わかった気がする」

「妙なことを言うでない」

鶴のそばに人のすがたを現したシロちゃんは、少し怒っているようだった。言い方を間違えた。

「大切なひとがいると、そのひとがいなくなることを想像して、とても怖くなるんだね」

気が遠くなりそうなほど長い時間を存在してきたシロちゃんは、何度その恐怖を味わったのだろう。鶴は、きっとたった一度でも耐えられない。

「その恐怖を、お前は嫌だと思うか」

「怖いのはいやだよ。だけど、なんにも怖くなかったころより、いろんなものが、とってもすてきに見えるの」

怖さも、喜びも手に入れた。心がとても重たくなったような気がしている。

「早くあしたにならないかなって思うようになったの。あしたになったら、また秋人さまに会えるから。それで、あしたは何しようって、したいことがたくさん……。できるようになりたいことも……。夜になったら眠らないといけないなんて、いやだなあ」

「夜中まで泣いて眠れずにいたころとは、大違いだな」

「……ほんとだ。あのころ、夜になって、お母さまやお父さまが寝てしまえば、みんなに会えると思ってた。今は、早く夜が明けてほしいのに」

そんな自分に、少しの寂しさを感じた。何があっても、もう前の自分には戻れないから。

かつては大好きだった夜を失ってしまった。二度目のない日々を、鶴は生きている。

「秋人さま、今ごろ何をしているんだろう……」

「気になるなら見に行けばよかろう」

「だめなんだってば」

シロちゃんに頬をふくらませつつ、気になってしかたがない。

(早くあしたになって、お手紙を渡したいな)

手元の便せんを見下ろす。

上半分にだけ書かれたごく短い文章は、ほんの一瞬あれば読めてしまうものだ。秋人は何を思って、どんなことを言うだろう。笑う？　それとも、驚く？　だけど、悲しむことはないはず。

いっこうにやってくる気配のない眠気を待ちながら、鶴はいつまでも秋人のことばかりを考えた。

好きではなくなっても、嫌いではない。

鶴は真夜中の屋敷(やしき)を、明かりもなくゆっくり歩いていた。ほのかな月明かりをともなう夜の暗闇は、やっぱり鶴に優しい。

一応は貴族の娘であって、真夜中どころか、日が暮れてから家の外に出るなんてことは経験にないけれど、家人が寝静まった深夜に、鶴はよく枯れ木ばかりの庭に下りた。夜の庭は、昼間は人目を気にしてあまり目をやることさえできない友だちと過ごすことのできる、安らかな場所だった。

秋人の屋敷を夜中に歩くのは初めてだ。秋人と鶴のふたりでは使う場所も限られ、ここでの寝食に慣れて普段あまり意識しなくなっていたけれど、見通しがきかないせいか、屋敷の広さを感じる。目指しているのは食堂だ。

どうしても眠れなくて、白湯をもらおうかと思っていた。

鶴は、夜は嫌いではないし、人ならざるものを見聞きして親しくもするが、怖いものは苦手である。暗がりに少し怯えつつたどり着いた食堂で、部屋の奥で何かが動いたのに気づいたとき、反射的に踵を返して逃げ出した。

部屋に戻るのとは反対方向に走り出してしまったため、駆け込んだのは書庫だった。扉をしっかり閉めてやっと息をついたと思ったら、その扉が開いて今度こそ飛び上がった。

「ひっ」

「……鶴？」

後ずさってよろけた鶴を、大きく踏み出して抱き留めた秋人は、目を丸くして腕に収まる鶴を見下ろした。

「大丈夫かい？」

「あっ……秋人、さま」

「そうだよ」

気が抜けてへたり込みそうになった鶴を、秋人がしっかり支えてくれる。鶴は少しのあいだ秋人に体を預けて深呼吸をし、そしてはっと我に返って自分の足に力を込めた。

「ごっ、ごめっ、なさっ」

緊張と脱力を立て続けに繰り返して混乱する。秋人は子どもにするように、軽く鶴の背を叩いて宥めた。

「食堂から走っていくから、驚いたよ」

「う……お化け、かと、思ってしまって……」

「鶴でもお化けは怖いんだな」

やや意外そうに、でも大半は可笑しそうに笑って、秋人が言った。その秋人のそばに男の子が見えないことに気づき、鶴はあたりを見回した。

「お化けを探しているの？」

「ちがっ、違います……！　あの子がいないなと思って」

「ああ、部屋で寝ていたよ」

「寝るのですか？」

「……そういえば、妙なのかもしれないな」

秋人は今さら、のんびりと首をかしげていて、鶴は力が抜けてしまった。彼は、わずらわしそうにしても、その存在そのものを忌み嫌ったり、不気味に思ったりはしていない。人ならざるものと親しんできた鶴にとっては当たり前で気づかなかったが、秋人までが平然としているのを、今になって不思議に思った。

「ああいうものたちって、ふつうは眠るのかい？」

「えっ……えっと」

鶴は彼らと夜に遊び、眠くなったらシロちゃんが部屋に戻してくれていた。ずっと一緒にいるシロちゃんは、鶴が呼びかけたらいつでも応えてくれるから、封印されていたときを除いて、はたして眠っていることがあるのかどうか。

「わたしの、知っている……」

シロちゃんは、と言いかけて、鶴は、シロちゃんの一件以来、秋人とゆっくり話をする暇を持てていないことを思い出した。

「あの、秋人さま」

「うん？」

明日は、鶴の学校も、秋人の仕事もお休み。初めての夜更かしをする言い訳としては十分である。

鶴は秋人の袖を引き、月明かりしかない部屋でも表情がわかるくらい近いところから、彼の顔を見上げた。

「今日、もう少し、お話ししてもいいですか」

秋人が目を見開く。ちょっとだけ緊張に肩をこわばらせながら返事を待つ鶴に、秋人は柔らかく笑いかけた。

「いいよ」

短くうなずいて、彼は続ける。

「俺も、そう思っていたところ」

飲み物を作ってくれるという秋人に、鶴はいったん二階の自室に戻り、浴衣の袖にふたつ折りの便せんを隠して、食堂へ下りた。今度は明かりがついている。

流し台のところにいた秋人のすがたを見て、いつもと少し印象が違うと感じ、ふと気づく。

「秋人さまが和服を着ていらっしゃるの、初めて見ました……」

「寝るときにしか着ないからね。変に見えるかな」

「いえ……」

今の秋人は、浴衣に薄物を羽織っている。

洋装がよく馴染(なじ)むひとであったから、華やかな帝都に似つかわしい洗練された雰囲気を秋人のものとして感じていたけれど、鈍色の浴衣姿では素朴な端正さが目を引き、涼やかな青年に見せた。

「そんなに珍しい？」

ついじっと見つめてしまっていたら、秋人がやや気恥ずかしそうに微笑(ほほえ)んだ。その表情さえ、少し違う気がする。

「あの……。はい。いつもの秋人さまと、違ってみえます」

「そう……」

誤魔化せずにうなずくと、秋人は自分を見下ろすように目を伏せて、小さな笑い声をこぼした。

「鶴はどっちの俺が好き？　いつもの洋服か、こっちか」

「え……」

尋ねられ、鶴は軽く胸に手を当てている秋人を眺めた。秋人は、こういうことを聞くときの彼がいつもそうであるように、朗らかな笑みで鶴の答えを待っている。

「どちらも……。お話ししていると、同じ秋人さまですし、どっちでも、あっいえ、……着るものに特に好みは……。……どちらでもお似合いです」

適切な言い回しを探して途中で迷子になったのを、秋人は笑いを押し殺しつつも、最後まで待ってくれた。それから食卓に縦長のグラスをふたつ置いて、鶴をそばに呼ぶ。

引いてもらった椅子に鶴が座ると、秋人が自分の羽織(はおり)を鶴の肩にかけてくれた。

「夏だけれど、この家は、夜は少し冷えるだろう？」

「ありがとうございます」

秋人の体温が移った羽織は、薄くても温かかった。袖を寄せて手を出そうとしていた鶴は、薔薇(ばら)の香りがするのに気づいて、夜に着るものなのに、と不思議に思う。

「秋人さま、お庭に行かれましたか？」

「今夜かい？　いいや、外には出ていないよ。どうして？」

「薔薇の香りがするので……お昼の秋人さまが薔薇の匂いなのは、お庭でよくお花に触れていらっしゃるからだと思っていたのですが」

「フフ……。鶴、それ、花の香りじゃないよ」

「えっ？」

秋人は鶴の隣の椅子を引いて、その椅子を半分ほど鶴のほうへ向けて腰掛けた。手を伸ばし、鶴の肩から落ちかけていた羽織の襟を引き上げながら、答えを明かす。

「香水と、今のはリネン水かな。薔薇の香りのものだけれど、花の移り香ではないね」

「そう、だったのですね……」

鶴は自分の無知を恥じたが、秋人はむしろ優しげに笑みを深めた。

「鶴は、この匂い、好き？」

「はい。秋人さまの香りだなって思います。秋人さまは、薔薇の香りがお好きなのですか？」

「そうだね……。好き、というより、安心する、だったな」

秋人が庭中に薔薇を植えているのは、もとは魔除け(まよけ)のためだった。この屋敷がおかしな現象に見舞われていたときに、半信半疑でも、願掛けのように庭を薔薇だらけにした。

鶴はそれを知っているから、秋人が薔薇の香りに安心するのにも納得できる。けれど、秋人は過去のこととして言った。

「何となく使い続けていたけれど、鶴がそういうふうに言うなら、これからも使っていようかな」

「わたしのことは気になさらず、秋人さまのお好きな香りのものにしてください」

「この香りが好きだよ。鶴が俺を思い出してくれそうだからね」

「香りがなくても、薔薇のお花の柄などを見ると、秋人さまを思い出します」

「そっか」

秋人はまなざしを明るくして鶴を見つめ、微笑んだ。綺麗なひとだな、と鶴は思う。顔立ちのことではなくて、もちろん容貌も整ってはいるが、鶴に向けてくる瞳が澄んでいて、よく晴れた日の空みたいに悠々と透き通っているかのようだ。ぼうっと見返しているうちに、鶴の頰にほんのり熱がのぼる。

秋人のそばにいると、鶴は、いつもの自分よりぼんやりした気分になることがある。そういうとき、鶴よりも高い秋人の体温が移ったかと思うほど、体もほんのり温かくなった。

秋人が少し困ったように笑いながら、鶴の頰をつついた。

「……ちょっと熱いね。鶴、大丈夫かい？」

「はい」

鶴にとって、秋人はとても大切なひとで、そのそばは居心地がよくて、一緒にいると、不思議といろんなものを好きになれる。花や、食べもののこと、料理、友だち、知らない街。

いつか自分のことも、好きになれたらいい。

頰から離れていった秋人の手をなんとなく目で追って、ふと思う。

「友だちと、手や、頰に触れ合ったり、そういうこともあるのですが、秋人さまと友人たちでは、ずいぶん違うのですね」

級友たちの手にも、触れられると誰のものかわかったりするくらいに違いはあって、それでもみんな細く滑らかで柔らかい。対して、秋人の手は皮膚の下にある骨のかたちがよく見える。指が長いぶん細いようであるけれど、鶴が自分の手を見てみれば、秋人の指のほうが、少なくともふたまわりほど太いのがわかった。

鶴の視線に気づいた秋人は、その手を軽く食堂の明かりに翳すようにしてから、鶴が膝に置いていた手を握った。

「秋人さまの手って、大きい」

「男だとこのくらいじゃないかな」

「男のひとの手を、わたしは知らないから、よくわからない……、です」

たびたび鶴と手を繋いでくれる秋人の手は、いつも鶴の手をすっぽり包めてしまう。手を繋いでいるといいつつ、秋人の手のひらの中に握り込まれているのに近い。それが、鶴をしっかり捕まえて、そこにいていいのだと言ってくれているみたいで、とても好きだった。

「その、彼……じゃないんだったね。ええと、例の、きみの式神は？」

「シロちゃんとは、こんなふうに手を繋いだり、握りあったりは、あまりしません。わたしよりは大きいけれど……大きさを考えたことは、ない気がします」

自分で言っていて、なぜだろう、と思う。秋人がもう少し指を曲げて、より鶴の手を包む。鶴のものより硬い肌を感じた。

「……シロちゃんには、体温のようなものはないんです。秋人さまの手は、わたしの手と温度が違うから、触れているのがよくわかります」

「なるほど。言われてみれば確かに、温度だけじゃなくて、鶴の手が柔らかくて、小さくて、俺の手と全然違っているから、鶴の手が俺の手のひらの中にあるのを、ずっと感じられる気がする」

「グラスの水は空気と同じ温度になっていくのに、秋人さまの手は、秋人さまより冷たいわたしの手に触れていても、ずっと温かいです」

「鶴の手は、さっきより少し温かくなったよ」

「秋人さまの温かさが移ったのでしょうか。でも、同じ温度にはなりませんね……」

「同じゃなくていいよ」

秋人が、鶴の手を握る力を強め、しっかりと捕まえて言った。ささやくほどの息づかいで、とても優しい響きだった。

「同じになってしまったら、たぶん、鶴を感じにくくなってしまう。きみはきみのままでいて、俺と同じものじゃなくて、俺の隣にいてよ」

鶴の息が詰まる。そんな鶴を、秋人が静かに見つめている。

鶴は、秋人の纏(まと)う夜のひそやかさに乗じるように、自分の弱いところを彼に明かした。

「わたし、自分がそうしていいのか……、それがとっても贅沢(ぜいたく)な……夢みたいなことに思えて、もし、秋人さまが……、ほんとうのわたしが、つまらないものだって気づいてしまわれたら、その夢も終わるからって、怖くて……」

「鶴」

秋人が悲しそうにするから、鶴は秋人と重ねた手に、ぎゅっと力を込めて握り返した。そうすると、秋人は小さく息をつき、気を取り直したように微笑む。

「本当のきみ、って、どんな子なんだい？」

「わたし、お料理もお裁縫もできなくて、人と話すのも得意ではなくて、知らないことが、たくさんあって……」

「そんなの、俺はもうぜんぶ知っているよ」

「…………！」

なめらかな口ぶりで、秋人は平然と言う。彼は、息をのんで身を退きかけた鶴を、握った手に少し力を込めることで引き戻した。

「それで？」

「え？」

「ほかには？」

「…………」

秋人は軽く首をかしげて、穏やかに問う。鶴は懸命に考えた。

秋人の知らない鶴のこと。

普通の人とは違って、人ならざるものと親しいことはとうに知られている。彼の言うとおり、鶴は秋人の眼前で料理に失敗したこともあったし、裁縫の技術も、彼は、鶴が頑張って練習しなければならない程度だと知っている。話をするのが得意でないのは、出会ってから、真っ先に気づかれたことだ。

秋人の知らない、ほんとうの鶴。

考えがまとまらずに視線を上げて、じっと鶴を見つめている彼の、鶴に向けられた優しい微笑みに気づいたとき、鶴にもやっとわかった。

「……ほんとうのわたしなんて、どこにもいない、のに……」

「鶴はずっと一生懸命だ。俺はそれを、よく知っているんだよ」

鶴の答えを、秋人がそっと肯定してくれる。

秋人ほど鶴のダメなところを知るひとはいないだろう。シロちゃんと違って、人の世のこともよくわかっているぶん、なおさら、人としての鶴の至らなさにも気づくはずだ。

なぜなら鶴は、そういうダメなところのほとんど全部を秋人に導いてもらって、人と話すことや、料理や、友だちと過ごすこと、父母とのことまで、少しだけうまくできるようになった。

「秋人さまが知らないなら、誰も、ほんとうのわたしのことを知るひとはいません」

「そうだよ、鶴」

秋人は空いているほうの手で鶴の頬を包み、その視線が動かないように止(とど)めた。

「俺もそうありたいよ。ほかの誰よりきみのことをわかっていたい」

「秋人さまが一番よくご存じです。……わたしは、秋人さまのことをほとんど知らないのに……」

秋人への申し訳なさに居たたまれなくて、鶴が視線を逸(そ)らそうとするのを、頬に触れる秋人の手が押しとどめる。そのうえ、秋人は軽い調子で「そうかな?」と言った。

「俺は、この屋敷(やしき)で起こっていたことも、薔薇を植えた理由も、鶴のほかには誰にも言っていないよ。料理をすることだってそうだ。何だかんだ、人に知られると面倒だからね。

それから、鶴と海を見に行ったね。あのとき話した、父と祖母の乗る船が沈んだ場所への願いごとや、きみが気づかせてくれたことも、鶴だけが知っていることだよ」

「でも、秋人さまのお好きな色や、食べもののことなどは知りません」

「それってそんなに重要なことかい？」

「えっ……。ならばなぜ、秋人さまはあのお手紙で、わたしにそれらを尋ねられたのですか」

「うーん」

秋人は鶴の頬を指のはらで柔く押し込んでは戻すということを数回繰り返したのち、少し懐かしげに目を細めた。

「本当はね、何でもよかったんだ。鶴と話をするきっかけになるようなことなら。何より知りたいのは、好きなものに限らない、鶴のことだったのだから」

手紙でひとつひとつ好きなものを尋ねられていたころ、鶴のごく短い返信を見た秋人が、その理由や詳しいことを訊いたあと、そのときの会話を便せんの空いたところに書き留めていたことを思い出した。秋人が本当に知ろうとしていたことが、そこに書かれていったのだろう。

「ねえ、鶴は、俺の好きな色や、食べもののことを知らないからって、俺がどんな人間か、少しもわからない？」

「いいえ」

秋人を見て、鶴ははっきりと否定した。

「そんなわけが、ないです」

鶴の答えなどわかっていただろうに、秋人は本当に嬉しそうに笑う。少し幼く見えるほどで、鶴は、秋人がそういう顔をするとき、ついつられて頰を緩めてしまう。

彼が本心から笑えているかなんて、今の秋人に対しては、疑う必要さえなかった。

秋人の瞳は、夜の静けさなど知らないかのようにきらめき、あたたかく鶴を映している。

いつか秋人が、気持ちを伝えるものは言葉だけではないと言っていたように、恐れに目を曇らせず、彼をまっすぐ見つめていれば、わかることなのだ。

「でも、知らないこともたくさんあるから、知っていきたいです」

「鶴が知りたいと思ってくれるなら、いつでも教えるよ。好きな色だっけ」

「あっ、待ってください」

あっさり言ってしまいそうになった秋人を慌てて止める。きょとんとする彼の前で、鶴は自由なほうの手をそろりと袖に入れ、ふたつ折りの便せんを取り出した。

「……お返事をください。秋人さま」

鶴と、鶴の差し出した便せんを交互に見て、秋人ははにかんだ。それを隠すように鶴の前髪の生えぎわあたりに額を寄せて、小さくつぶやく。

「鶴って、本当に可愛いよね」

「…………」

「あれ、照れてる」

「だって……秋人さまが、本当にそうみたいに言うから……」

「本当にそうだよ。何度も言っているのに、今気づいたのかい？」

「秋人さまがそう思ってくださっていることは、わかっていました。……でも、なぜか今、急に、なんだか……」

秋人に褒められると、いつも気恥ずかしくなる。いったいどうしたことか、今はそれに輪をかけて何かがこみ上げてきた。

「なぜだろう、夜だからかな」

「夜だと、何かあるのですか？」

「こんな時間、いつもなら一緒にいないだろう？　今日はちょっと特別だから、俺の言葉も少し特別になったのかなって」

「いつもの秋人さまのお言葉が、特別じゃないなんて、そんなこともありませんが……」

「きみといると、俺は、自分がものすごく特別な何かに思えてくるな」

低く笑うように言って、秋人はそっと鶴から額を離した。鶴の便せんを大事そうに受け取る。

　それから、改めて鶴に目を向けた。

「こうして夜に一緒にいるのも、いつか特別ではなくなって、朝も夜も、ずっと一緒にいたいね」

「……はい」

　鶴が離れた部屋にいる秋人を思っていたとき、秋人も同じように鶴のことを思い浮かべてくれていたのだろうか。婚約者ではまだ許されないけれど、夫婦なら誰にも怒られたりしない。結婚して、秋人とどんな日々を過ごしてゆけるだろう。

「……あっ、子ども……」

「えっ」

「あの、えっと、秋人さまと家族になるんだなって考えていたら、あの子のことを思い出して、それでちょっと」

「子連れの俺とは結婚したくないって？」

「違います」

　秋人の冗談にきっちり否を返しつつ、彼の袖を引く。

「あの子と、お話ししてみたらどうかなって」

「それは、おばあさまの『声』のときのように、ってことかい？」

「今回は、秋人さまもご自身で見えていらっしゃるので、ふつうに……、その、学校で育児を習っていて、子どもと過ごす時間を取りましょう、と言われるので」

「なるほど……？」

「ちゃんと話を聞いてあげる姿勢を見せたら、もしかしたら、何かがわかるかも……」

秋人は視線をやや上に向けて何かを考え、また鶴を見た。

「子どもと向き合うことが大事なんですね、お母さん」

「違います……！」

ちょっとした軽口だとわかっているのに、なぜだかやけに恥ずかしくなって、つい力強く否定してしまう鶴であった。

それから、もう一度、秋人をじっと見つめる。

「……どうかした？」

不思議そうに首をかしげる秋人の様子に、おかしなところはない。今は何かを押し殺しているようでも、隠しているようでもなかった。

それに安堵しつつ、今の自分では、秋人はやはり、つらいことがあっても打ち明けてはくれないのでは、と思ってしまう。

そんな自分の弱さを、鶴はしっかり胸のなかに抱え持った。

「あの男の子のことなどで、お疲れではないかと、思って。でも、今はお元気そう、です」

「うん。鶴がいてくれるから、俺は大丈夫だよ」

朗らかに笑う秋人を、信じよう、と自分へ言い聞かせる。

秋人に信頼されていないかもという不安や、彼の気持ちを信じられなくなってしまう疑念は、自分は秋人からそう思ってもらえる人間ではないと、鶴が自分で自分を決めつけてしまう意気地のなさが生み出すものだ。

どうして好きでいてくれるかわからないと考えてしまうのも、鶴が、自分を好きになれないから。

そんなふうに情けない自分から目を逸らしていては、いつまでも変われない。

鶴は意識して少しぎこちなくも微笑みを作り、秋人へ向けた。

「そう、言っていただけて、嬉しいです。秋人さまが安心して過ごせるよう、わたしも頑張ります」

秋人にとって、鶴は何か特別で、きっととてもすてきなもの。そう自分に言い聞かせる。

「……うん」

秋人は、少しだけ驚いたように目を丸くしたものの、次いでその目を柔らかく細め、頬を緩めてうなずいた。

翌朝。

鶴は、食堂で顔を合わせたとき、秋人に挨拶するとともに、その足もとにいる子どもにも「おはよう」と笑いかけた。笑顔を作ろうとするのは昨夜が初めて、今回が二度目で、自分がうまく笑えていた自信はない。秋人が「可愛い」と褒めてくれたのを、ひとまず信じようと思う。

朝食をとるときにも、三人分のお茶を淹れて、男の子の前にも置いてあげた。お供えものみたいだな、と思ったのは、たぶん鶴だけではなく、秋人も顔を見合わせてひっそり笑う。

挨拶にも、お茶にも、男の子は、つい、というふうに鶴を見上げては、はっとして顔をそむけていた。

「さて、きみ」

食事のあと書庫のソファセットへ移動し、秋人はついに、男の子と正面から向き合った。鶴をソファの端に座らせ、自分はひとり掛けの椅子の角度を変えて、体をひねった鶴とふたりで男の子を前と横から挟むようにする。

ずっとほとんど無視していたのだから、男の子は初めみたいに喜ばず、やや不安そうに半歩ほど後ずさった。

「…………」

男の子と目を合わせたまま、秋人はしばらく黙り込んだ。男の子も喋らないので、妙な沈黙が生まれる。鶴はふたりを交互に見て、秋人と目が合って見返した。

「ねえ鶴、何を話せばいいんだろう」

「……。秋人さまが、そんなことを言うなんて……!?」

「街で会う子どもあたりなら、そう難しいとも思わなかったけれど、これは違うものだね」

鶴の言いようを可笑しそうにしながら、秋人がもう一度男の子を見て、困った顔をする。男の子ももの言わぬなりに、秋人を見上げて立ち尽くす姿からは、困惑が見て取れた。

「ええと……。シロちゃんが、その子は、自分のように作られたものとも、もとが人であるとも言いきれず、不思議な感じだって」

「へえ。ねえ、きみは人間？　それとも妖怪？」

秋人の突然の問いかけに、男の子は一瞬硬直したあと、慌てて首を縦に振った。

「妖怪ってことかな」

「違うと思います。ねえ、もとは人だったの？」

鶴は、男の子の様子を見て、反応が遅れてしまったのだと気づいていた。

男の子はおずおずと鶴を見る。ひどく不安そうな、泣き出してしまいそうな顔をしている。安心させようとして、鶴は笑顔を作り続けるのを頑張った。

やがて、男の子が小さくうなずく。

「そうなんだね。教えてくれて、ありがとう」

「さすがだなあ、鶴」

「こんなことくらい……、いえ、よかったです、この子が応えてくれて」

男の子に微笑みかけると、秋人に顔を向けつつも鶴を横目で見ていた彼は、ほんの少しだけ、安心したような表情になった。それなのに、またすぐに曇ってしまうのが気になる。

「なら、この子は幽霊か。それなら、うなずくか、首を横に振るか。どちらかで答えてくれるかい？」

男の子がうなずいたのを確認して、秋人が問いかけていく。

「きみは、この世に未練がある」

──いいえ。

「……えっ」

鶴が、男の子はうなずくものと当たり前に思った問いに対し、その子は首を横に振ってみせた。

「それならどうして……」

「待って、鶴。それではこの子は答えられない。続き、いいかな」

秋人は男の子に言い、立て続けにいくつか訊いた。

成仏したいと思っているか。――はい。

秋人や鶴に恨みがあるのか。――いいえ。

望んでこの世に留まっているのか。――いいえ。

自分がこの世に留まっている理由を知っているか。――はい。

「どういうことでしょう……」

「そうだな……」

秋人は難しい顔をしている。『はい』か『いいえ』でしか答えられないなら、理由を尋ねようにも、見当がついていないとどうしようもない。

「きみは、俺たちに何か伝えたいことがある？　……違うのか」

「じゃあ、どうして秋人さまのところに……えっと、わたしたちを知っていたから来たの？」

――いいえ。

鶴と秋人は顔を見合わせた。だが、困惑する鶴に対し、秋人は少し考えたあと、厳しい顔つきになる。彼は意図してそれを和らげ、ゆっくりと男の子に尋ねた。

「きみが俺についてきたことには、理由がある？」

――はい。

「それは、誰かにそう言われたから」

男の子は、秋人がその問いかけを口にした瞬間、怯えたように顔をゆがめ、身を縮めた。

そんな彼を見て、鶴も秋人も、男の子が首肯せずとも答えを知る。

誰が、何のために。

鶴には何も思いつかず、ちらと秋人を見遣ると、彼は考え込むように目を伏せ、少しして、ふたたび男の子を見つめ、問うた。

「きみは、その誰かの命令を成し遂げられていない。むしろ失敗している。そうだろう？」

男の子は今にも泣きだしそうな顔になり、ひと呼吸ぶんほどの間を置いて、諦めたようにうなずいた。

「主人に怯えるのはそういうことだろうしね」

秋人は淡々と言う。その冷淡さは彼の憤りであるのが、鶴にはわかった。

男の子は、助けを求めるように秋人、そして鶴を見上げた。

その様子を見て、鶴は不安とともに、後悔も抱く。もっと早くに話を聞いてあげればよかった。

「でも、いったい誰が……？」

思い当たることが少しもなく、行き詰まりかけたところで、シロちゃんの声がした。

『喋ることができないのが、その者に言葉を封じられたからなのか、確かめろ、鶴』

「……あっ」

男の子が鶴にうなずく。秋人も鶴を見ていて、鶴は今の声がふたりに聞こえていたらしいことを知る。

『言葉を封じたのは、お前に要らぬことを喋られると困るから。なぜなら、お前が命じられた何事かは、お前の意に反するから。そうだな？』

男の子が何度も何度もうなずいて、ついには涙をこぼした。鶴は思わず手を伸ばすが、男の子の体は透けていて触れられない。秋人を父と呼ぶ以外、声も上げられないらしく、両目を強く擦りながら静かに大泣きしている姿があまりに悲しくて、鶴も泣きそうになった。

『望んで留まっているのでないなら、僕に消されることを怯えずともよかっただろうに』

「わたしを避けていたのって、それが理由？」

――はい。

このとき、うなずくまでには少し間があった。鶴はその間が何を示すか考えたものの、わかりそうもなかったので、ひとまず、はいといいえで答えられる問いを重ねる。

「シロちゃんのこと、知っていたの？」

――はい。

「どうして……誰が、シロちゃんのことを知っているの……？」

「鶴のほかに、知りうる人はいないのかい？」

思いがけない事実を知り、衝撃を受けて呆然とする鶴へ、秋人が冷静に尋ねる。

「……そのはず、です。だって、わたし、誰にも言ったことない……」

「鶴の式神の、きみは？」

秋人は、中空へ向かって問いかけた。

『……わからない』

シロちゃんが答えるまでには、いくらかの間があった。鶴はそこに、答えたくなかったような気配を感じた。

「……本当に、知らないの、シロちゃん」

この問いかけをするのを、鶴は少し躊躇した。鶴が問う意味は、シロちゃんへの強制力にある。本当は、命令のようなことはしたくない。でも、秋人を助けるには、そうしなければ、と思った。

『……僕を知る者がいるとすれば、お前と同じように、かつて、その力で国を守っていた一族、そのどれかの末裔だろうな。僕も、僕の記録がどのように残っているのかは知らない。……そういったことに、お前には、あまりかかわってほしくないが』

「でも今は、秋人さまと、この男の子のことをなんとかしないと。ほかに何かないの、シロちゃん」

「鶴……」

シロちゃんの言葉を聞いたからだろう、秋人が憂えるように鶴を見る。鶴はそれに、はっきりと首を振った。

「大丈夫です、秋人さま。シロちゃん、どう？」

少しの沈黙のあと、シロちゃんは幽霊へ問いを投げかけた。

『……お前には、僕に消されては困る理由があったのか？』

――はい。

その次の質問を、シロちゃんは、ややゆっくりとした口調で発した。

『僕に消されては、お前は、あの世には行けない。目的を果たせなければ消滅する、か？』

シロちゃんの言葉に、男の子は顎の先から涙をこぼしながらうなずいた。

『流転と消滅の違いを、お前は知っているのだな』

「シロちゃん、どういうこと？」

再び、シロちゃんから答えが返るまでには、少し間があった。これだけ話をしているのにシロちゃんが姿を現さないのは、この場に秋人もいるからだろうか。どうにも、シロちゃんには、秋人と積極的にかかわる気はないようである。

『契約だ』

シロちゃんは厳しい声で言った。鶴は、シロちゃんが事態をいつになく難しく見ていることを感じ取った。

『その子どもの魂を捕らえ、何らかの目的を達成せねば消滅、達成できれば解放するとでも言った者がいるな』

「そんなひどいことを、誰が」

「わからないのが問題なんだろう?」

困惑する鶴から話を引き取って、秋人がやや目線をさ迷わせながら訊いた。それには、『そうだ』と答えがあった。

『人の中に稀(まれ)に生まれる、人ならざるものと交わる力を持つ者。その血を引くものも同じ力を受け継いだが、血が薄まれば力も薄れていった。始祖となりうる者が今も生まれているのか、あるいは血を引く者のうちにも他者を契約で縛ることができる者がまだいるのか、僕は知らない』

「鶴は、何かわかるかい?」

「いいえ。わたしはシロちゃんの力を借りてしか、彼らを見聞きすることさえできません。それに、人ならざるもののことも、詳しいわけではなくて……。人の世のことはなおさらです」

「鶴は、……彼女は、きみの力を借りて、そういうことはできないのかい?」

秋人の視線は、どこを見たらいいのかわからないというふうに、鶴から微妙に逸れる。

『……、可能だ』

「！」

鶴は、シロちゃんの答えをなんとなく予想していた。シロちゃんの持つ力が、決して小さなものではないということは、おぼろげに理解していたのだ。

けれどはっきり言われてしまうと、わかっていたと言っても、その衝撃は大きかった。

「わたしが、そんなこと……」

顔を青くした鶴のそばへ秋人が寄ってきて、そっと肩を抱いてくれた。秋人の温かさを感じ、ゆっくりと息を吐いて気持ちを落ち着ける。

「それじゃあ、もしもシロちゃんと同じようなものがそばにいる人なら、たとえばその人が、わたしみたいにほとんど力を持っていなくても、それができるってことだね。……あなたは、シロちゃんみたいな存在を、ほかに知ってる？」

鶴が問えば、男の子は何かを思い出したように怯えた顔になりつつ、浅くうなずいた。

「その人たちはどこにいるの？　ここから近い？」

「ここがどこかわからないみたいだね。それだけ幼いなら、地理を知らなくても仕方がないよ」

きょろきょろとあたりを見回したあと、しょんぼりうなだれて首を振る男の子に、秋人が初めて、慰めるような声をかけた。

「僕を父と呼ぶのも、その人の命令？」

男の子がうなずくのを見て、秋人は「誰に利益があるんだ？」と首をかしげる。それに対し、男の子はそっと鶴を指さした。

「えっ、わたし!?」

「違うって言っているね。利益じゃなく……そうか、鶴がそれを気に病むようにしたかったんだ」

「何のためにですか？」

「俺ときみを仲違いさせるためだろう」

「しませんけど……」

「普通は、したかもしれないね」

秋人は可笑しそうに笑って、鶴の頭を撫でた。それから男の子に向かって、「相手が悪かったね」と柔らかく言う。男の子は困った顔をしたが、首を横に振った。

「わたしと秋人さまを喧嘩させるなんて、本当はしたくなかったんだね……」

シロちゃんへの恐れもあっただろうが、男の子が中途半端に鶴を無視していたのは、きっと本来心優しい子で、やり通すことができなかったからだ。鶴は秋人の手をそっとほどいて、ソファから下り、男の子の前に膝をついた。

「優しくしてくれて、ありがとう」

鶴を見返す男の子は、複雑そうに顔をゆがめる。その子を撫でてあげられないことを苦しく思い、それが鶴の決心を固くした。

「あなたがうまくできなかったことは、あなたを捕まえている人に、すぐに伝わってしまうの？」

男の子は、わからないといったふうに首をかしげた。表情には怯えがあって、今も、消される恐怖に耐えているのが伝わってくる。許しがたい気持ちがこみ上げて、鶴は強く手のひらを握りこんだ。

「できるだけのことはするから……」

「言うと思った」

「放っておけないです」

「きみはそうだろうね」

秋人は、あたかも仕方ないというふうに小さく笑っているが、彼だって鶴と同じ気持ちだろう、と思う。

「秋人さまも、こういうことはお好きではないでしょう？」

「そうだね。胸が悪くなるやり方だし、そもそも目的も気に入らない。そういうことを考える人間を野放しにしてもおけないしね」

秋人の声には、やけに抑揚がなかった。

「こんなことをする人間に、心当たりはあるかい？」

「………」

鶴が考えたのは、それが誰かではなく、秋人にどう伝えるかだった。秋人を貶めるような人がいるかもしれないことを、彼に知らせるのさえ嫌だ。

かといって、そこを伏せるのは得策でないと、鶴もわかっている。

「秋人さま。秋人さまを悪く言う人がいるなら、わたしが怒ります」

「うん……？　突然どうしたの」

「実は、お父さまが届出をしていたわたしと秋人さまの婚約が、宮内省から差し戻されているらしくて……」

「ああ、そうみたいだね」

「えっ」

秋人は実にあっさり相づちをうち、鶴を見下ろして微笑む。

「嬉しいな。鶴は俺のために怒ってくれるんだね」

「それは、当たり前です」

「ありがとう。鶴はそれを、お父上から聞いたのかい？」

「はい」

「俺は正隆に聞かされたんだ」

　戸田が秋人に会いに来た理由はそれだったのだと鶴は気づいた。戸田と話し合ったであろう秋人がさして気にしていないなら、きっと大丈夫なのだと思える。

「貴族に、しがらみやしきたりがあるのは、俺も少し知っているし、承知のうえで、きみとの婚約をうけたんだよ。お父上は何かおっしゃってた？」

「……いえ。差し戻しの事情を調べて、再度申請するそうです」

　父が鶴に意思を問うたくだりを、鶴は言わないことにした。

「でも、婚約のことではありませんが、わたしに別のかたから結婚の申し込みがあったそうなのです」

「そのふたつには関係がない、わけがなさそうだね。その人か、この子の主人は」

　秋人から相手の名を尋ねられて、首をかしげながら答える。

「中川寛則さま、とおっしゃるそうです。わたしはこのかたを少しも知らないのですが……」

　秋人が息を呑んだから、鶴は言葉を途切れさせた。

　秋人と戸田が友人だと言っていた〝寛則〟。父に求婚者の名を聞かされたとき、ちらと頭をよぎって否定した繋がりだった。

「……秋人さま、お知り合いですか？」

慎重に尋ねる。秋人は我に返ったように瞬きをし、半端に微笑んだ。

「いや。……なんでもないよ」

本当に？

「そう……ですか」

頭には問いかけがうかびつつ、鶴はとっさにそう返していた。鶴が頼りないから、秋人は笑っていなければならないのだ。

「中川寛則。それが、きみの主人の名だね？」

秋人が男の子に確かめ、男の子がうなずく。傍目には、秋人は平素と変わらず、動じていないように見える。

「秋人さま。もしも、……わたしに何かできることがあったら、おっしゃってくださいね」

秋人がはっと鶴の顔を見る。

彼は迷うそぶりをみせたあと、何を言えばいいかわからないというふうに一度唇を閉じた。それからたったひと言を、とても大切そうに口にする。

「……ありがとう、鶴」

「いいえ……」

秋人からの小さな拒絶とも言える嘘で、鶴の胸は染みるように痛む。今はまだ頼りなくても、いつかは、と願いながら、鶴は痛みを抱えたまま、それでも秋人へと微笑んでみせた。

第六章　未来を決めるもの

　週があけて月曜日の放課後、鶴は返却された試験の答案が入った鞄を揺らし、明るい気持ちで校門までの道を歩いていた。

　ついに、この週の金曜は今学期の終業式だ。

　けれど鶴の機嫌がよい理由は、試験の成績が良かったからでも、夏休みが近いからでもない。

　校舎から校門までの間の花壇に小ぶりなひまわりが咲き並んで、からりと晴れた青空と、強い日差しに、くすみのない鮮やかな黄色が溌剌とした道を作り出している。登校したときにその花の黄色を見て、秋人はこの色は好きだろうか、と考えた。そう思った自分に気づいたことが、鶴の機嫌をよくした理由だった。

　幽霊を差し向け、鶴と秋人を引き離そうとしたのが、中川寛則であったことがわかっても、今のところ、変わったことは起こっていない。秋人も、誰かに手紙を出したようだったが、その後はいつも通りに過ごしていた。

　彼が落ち着いているのが見かけだけでもないのを、鶴は知っている。

きのうの夕食どき、鶴は秋人から手紙を返してもらった。秋人の眼前で開くのは気恥ずかしいものだと知ったあと、半開きでもう見えた彼の返事に、鶴は頬を緩めた。
便せんの上半分に、短く尋ねた鶴の文字。そのすぐ下に、秋人の字で答えが書かれている。

好きな色は、何ですか

赤

秋人にしては簡素だと、意外なのもおもしろくて、そのまま便せんを開き、鶴は固まった。

橙(だいだい)、黄、緑、青、紫、朱、薄黄、薄緑、空色、紺、薄紫折り目の下半分に、まだ続きが隠されていたのだ。

鶴が呆然としながら顔を上げると、秋人は悪戯がうまくいったときみたいな楽しげな笑顔で「鶴に似合うから、好きな色がたくさんできました」と言った。ちょっと悔しく思いながら、その言葉は嬉しくもあって、鶴は秋人がそうしていたように、便せんの空いたところへ、秋人の言ったことを書き留めた。

今まで何気なく通り過ぎていたところに、秋人の面影がうかぶようになり、花も、花壇も、道も、とっても素敵に見える。鶴は気分がうわつくあまりひとりでもくすくす笑いながら、そんな自分への恥ずかしさでやや早足ぎみに校門をくぐり、駅のあるほうへつま先を向けた。

「蔵橋鶴子さんですね」

「えっ」

校門の横に車が停まり、そのそばに知らない男の人が立っていても、生徒の誰かの迎えと知っているから気にしない。鶴の女学校は、自立のためといって基本的には生徒が自分で登下校することを推奨しているけれど、心配して迎えを寄越す親もいる。

いつものこととして何気なく通り過ぎかけたとき、名を呼ばれてとても驚いた。思わず立ち止まってしまったせいで、行く手を見知らぬ男性に阻まれる。上等な仕立てのスーツを身につけた若い男だった。

「……どちらさまでしょう」

鶴は二、三歩あとずさり、平静を装いつつも距離を取った。いざとなれば、校門の中へ駆け込むつもりだ。

「不躾をお詫び致します。本来、こういったことは事前にお手紙でもお送りすべきことかと存じますが、あなたのお父上に断られてしまって」

見上げた青年の顔に、やはり見覚えはない。鶴は人の年齢を推測するのは苦手で、おおまかに、秋人と同じくらいか、少なくとも大幅に上ということはないだろう、と思う。けれど身なりのよいその青年の名は、わかった。思い浮かべた人物で、きっと間違いない。

早急に立ち去るべきか、話を聞くべきか。

顔に出さないようにしつつ迷う鶴に、青年は言う。

「中川寛則と申します。鶴子さんと、一度だけでもお話しできればと思い、参りました」

中川は申し訳なさそうに控えめな笑みをうかべていたが、鶴は、それが彼の本心ではないのを感じ取った。

「父を、通していただけますか。家族ではない男性とふたりで、それもこのように突然のことでは、わたしも応じかねます」

「非礼をお許し下さい。お父上には、あなたにはもう婚約者がいるからと、私のお願いは全て断られてしまったのです」

「それでは、父の申し上げた通りです。婚約者がいるのに、ほかの男性とお話しすることもございませんから」

軽く一礼して、中川の横を抜けようとした。

「その婚約者殿に関わる話ですよ」

「！」

動きを止めた鶴に、中川は満足そうに唇をつり上げる。彼は仕草だけはうやうやしく、手で車を示した。

「この場でははばかられる話ですから、どうぞ」

予想はしていても、いざ言われると緊張した。

気を引いて、自分の領域へといざなう。

人も、人ならざるものも、こういうところは同じなのだな、と妙に感心する。その点、秋人が親しくしているだけあって、戸田は紳士だった。

「ご理解いただけると思うのですが、わたしのような娘が、ひとりで行くわけにはまいりません」

鶴がはっきり拒んでいるというのに、中川は動かなかった。これ以上は、鶴もどうしたらよいのかわからない。

人ならざるものであればシロちゃんが蹴散らしてくれるが、中川相手ではそうもいかないのだから、人間のほうが厄介だと思い知る。

「あまりここにいても、逆に目立ちます。少しお話しさせていただきたいだけですから」

半歩ほど踏み出した中川に対し、鶴も同じくらい身を退いて、彼をじっと見上げる。薄い笑顔は、張り付けたように動かない。

彼が退かないなら、校門の中へ戻るしかないだろう。けれども、秋人にかかわる話は無視できないものだ。

悩む鶴を、中川は無言で見返してくる。まるで、鶴が彼に従うと確信しているかのようだった。それが悔しくて、何か言い訳になるものはないかと考えていたとき、「あら、お鶴ちゃん」と場違いにも聞こえる軽やかな声が鶴を呼んだ。

「どうしたの？　そちらは、中川さま？」

「近藤(こんどう)家のお嬢さん……」

「ごきげんよう。父がいつもお世話になっております」

下校しようとして鶴に気づいたらしい陽子(ようこ)は、御供(おとも)の女性と一緒にいた。慣れたように挨拶をして、鶴を見る。

「お鶴ちゃん、中川さまとお知り合いだったの？」

「ううん。陽子さんは？」

「中川さまは、父と同じところにお勤めでいらっしゃるの。それで、何度かご挨拶したことがあるのよ」

鶴は孝子の婚約で友人たちが沸いていたときのことを思い起こした。

陽子の父は、宮内省の、貴族の婚約の承認にもかかわるところに勤めているという。

鶴が陽子から中川へ視線を移すと、彼は相変わらずの笑みを浮かべてはいたが、闖入者を苦々しく思っているらしいことがうっすら伝わってきた。だが陽子は、気の利く彼女には珍しく、まったく気にしていないようだった。

「お知り合いでないならどうしたの？　もしかして、ほかの生徒さんを呼んで来るようお願いされているところだったのかしら」

「いいえ、ほかならぬ鶴子さんが目当てですよ」

苦笑しながら言う中川を、陽子がややわざとらしい半眼で睨む。

「醜聞になったら大変なのは私たちなのですが」

鶴は、陽子が状況を見かねて助けに入ってくれたのだと気づいた。

「無礼なのは承知しています。しかし、とても大切なお話があるのです」

「そうおっしゃっても、私たちのような娘がついて行けるわけがありませんわ」

「よろしいのですか？」

中川が陽子を無視するように鶴へと視線を向ける。本当なら、迷う余地もなく断るべきところだ。でも、すぐには返事ができなかった鶴に、陽子が顔を曇らせる。

「お鶴ちゃん？」

良家の子女なら、このような場面で彼についていってはならないのは常識である。けれど、鶴にしてみても、彼と話はしたいと思う。

鶴は、秋人が中川について『真面目で義理堅い』と評していたのを思い出した。行ってもいいのかもしれない。でもそれでもし何かあったら、秋人は心配するに違いなく、そのうえ、彼の祖母のときのように、自分のせいにして傷つくかもしれない。

鶴は秋人に二度と、そんな思いをさせたくない。

「……日を改めて、お伺いしてもよろしいでしょうか」

「申し訳ありませんが、それなりに急ぎでして」

あっさり躱（かわ）されて唇を引き結ぶ。この機会を逃して、次があるだろうか。

「では、私も一緒に行くわ」

「えっ？」

鶴が悩んでいると、出し抜けに陽子が言った。

「お鶴ちゃんひとりでは絶対にいけないもの。私と、マサさん。それならまだ良（い）いでしょう。中川さまは、お父さまともご縁のある方ですし」

陽子が、自分と御供の女性を指し、最後に釘を刺すように中川へと目を向けた。中川は一瞬笑みを消し、次いでまた薄笑いをうかべる。

「鶴子さん、良いのですか。ご友人が同席して」

話を聞かれてもいいのかという脅しだと思わざるをえない。鶴はちらりと陽子を見やる。彼女は心配そうで、気遣わしげに鶴をうかがっていた。

「……。陽子さん、ご迷惑をおかけして申し訳ないけれど、お願いしてもいい？」

「もちろん。私が言い出したことだもの。お鶴ちゃんのお役に立てるなら嬉しいわ」

「……ありがとう」

知人の娘なら、中川も滅多なことはできないだろう。それに、陽子は、もしかしたら、鶴のことを知っても友だちでいてくれるかもしれない。

初めてできた友人たち。賑やかな学校生活。

いつかこの日々が思い出になったときに、鶴も、秋人と戸田みたいに、打ち解けて懐かしいと笑いあいたい。

「陽子さんとともにであれば、おうかがいします」

「……良いでしょう」

口だけつり上げ、笑わない目で中川が応えた。車に誘導される前に、鶴はもうひとつ付け足す。

「それから、少々お待ちくださいい。家のものが心配しますから、寄り道をすることを電話してきます」

中川は一瞬何かを言いかけたが、陽子がいるのに、鶴の申し出を断るのは不自然すぎる。鶴は許可をもらうようなことではないと、素早く頭を下げて急ぎ足に校舎へ戻り、事務所のそばにある電話機へ向かった。

秋人から、何かあったときの連絡先として、彼が一番よく居る事務所の電話番号を教えられている。使うのは初めてで、鶴はどきどきしながら交換手へ番号を告げ、繋いでもらった先で社名を名乗る年配の女性の声が聞こえたとたん、さらに緊張した。

「失礼いたします。蔵橋鶴子と申します。秋人さま……柊木秋人さまは、いらっしゃいますか」

震えそうな声をおさえて、つとめてゆっくりと話す。すると、電話の向こうから何やら慌ただしい声が返ってきた。

『蔵橋……もしかして、坊ちゃん、あっ、失礼しました、秋人さんの婚約者のお嬢さまでございますか』

「……はい、そうです」

父親の跡を継いだから『坊ちゃん』なのだろうか。いつも頼りにしている秋人が会社の人たちからはそう呼ばれているらしい可笑しさと、婚約者であることを肯定するほんの少しの高揚が、鶴の声をうわずらせた。

『あら、まあ。どのようなご用件でしょう。ただいま秋人さんは外出していて、いつ戻られるかはわからないんです』

「……そう、ですか……」

『人をやって呼び戻しましょうか。外出先はいくつかありますが、順に当たれば……そうですね、一時間あれば連絡はつくと思いますよ』

女性は優しそうな口調でそう言ってくれたものの、鶴は少々怯んだ。鶴の用件も大事なことではあるけれども、秋人の仕事に差し障りが出てもよくない。少し迷い、断って、代わりに伝言を頼むことにした。

「学校の帰りに、所用あって、中川さまのお家に寄ってから帰ります、と、秋人さまにお伝えいただけますか。できれば、秋人さまが戻られたら、すぐに」

『承知いたしました。必ずお伝えしますから、ご安心くださいませ。お気をつけて』

「ありがとうございます。よろしくお願いいたします」

電話を切ったあと、鶴は大きく深呼吸をしなければならなかった。ともあれ、これで秋人に鶴の居場所は伝わる。

『気をつけるのだぞ』

シロちゃんが声をかけてくる。

「うん」

人間を相手に、対立しようとするのは初めてだ。

中川のところへ戻りながら、人ならざるものを追って路地裏に入り込むときよりも、強い緊張を感じていた。


中川の家は帝都の端のほうにあって、広大な敷地をもち、緑の茂る背の高い木々に隠されるようにして平屋の屋敷が建っていた。渡り廊下でいくつかの棟が繋がれた屋敷も広く、よく手入れされており、鶴たちの前にはあまり出てこないが、使用人も多くいるようだ。

応接室に入る前に、中川は、陽子とその御供に、隣室で待つよう願い出た。陽子は、鶴と若い男性がふたりきりになることを懸念したが、示されたのが襖ひとつで隔てられたすぐ隣の部屋であることもあって、中川へ「信頼しております」と釘を刺しつつ承知した。

中川が鶴を案内した応接室は、畳に輸入ものと思われる絨毯が敷かれ、中央にはソファセットがあった。壁には油彩の風景画、ガラス扉つきの本棚に洋書が並び、没落する貴族も多い中、それなりに裕福そうな様子で、何より、人ならざるものとのかかわりを感じさせない部屋だ。

そこで今、鶴は中川と向かい合っていた。

あまり正面から相手を見ては慎みがないとして、控えめでいるよう鶴に言いつけたのは母だ。けれど今は、慎んでいる場合ではない。

「あの男の子へ、秋人さまにつきまとうよう命じたのは、あなたですか」

陽子がいないことで、身軽になれるのは鶴も同じである。中川は鶴から口をひらいたのに、少々面食らったようだった。鶴にしても、普段ならしなかったろう。

「命じたのはつきまとうことではありません。隠し子でも演じて、縁談を反故にさせるよう言いつけたのに、どうやら少しも役に立たなかったようですね」

「あんな小さな男の子に、かわいそうです」

中川が眉を寄せる。鶴には苛立ちに見えたそれで、いかにも心配そうな顔を作って、彼は言った。

「あなたのためになると思ってしたことですよ。あなたの婚約者……いいえ、まだ婚約が認められていない彼、あまりよろしい人物ではないようですから。だから申請も戻されたのでしょう。彼の人柄に疑義があると」

あなたが戻させたのでしょうとよほど言いたかったが、話が逸れるからぐっと我慢する。

男の子のことを、さもそのあたりにあるごく自然な話題であるかのように答えられて、鶴は少し動揺していた。自分のほかに、人ならざるものとかかわりを持つ人間を、初めて直に知ったからだ。

今のところ、中川にも、屋敷にも、とりたてておかしな気配はない。けれど、あの男の子がシロちゃんのような存在を知っているというからには、どこかには何かがいるのだと考える。

「秋人さまのお人柄なら、よく存じております。わたしにはもったいないほどのかたです」

「あなたに見せているのは、作りものの顔ですよ」

「そんなことはないと、信じます。中川さまも、秋人さまのことはご存じでしょう」

「そうですね。付き合いが長いぶん、あなたよりもよく知っていると思いますよ。彼の悪事を、教えて差し上げましょうか」

中川はせせら笑うように言って、首を伸ばし、襖のほうへ「お入りなさい」と声をかけた。

入って来たのは、戸田と似たような軍服を着た男だ。黒髪や黒目は何の変哲もないが、いっさいの感情をうかがわせない無表情で、驚くほど美しい顔立ちをしていた。

人じゃない。

そう直感した。

「……！」

鶴は思わず袖の上から真白(ましろ)に触れた。男は鶴に一瞥(いちべつ)もなく、まっすぐ中川のもとへ行き、彼に何かの書類を手渡した。

茶番だ、と鶴は思った。

中川が何を言おうと鶴に引き下がる気はないが、この国で、帝(みかど)の所有するところの軍、それを構成する軍人には、強い力がある。彼らが秋人について何か不利なことを捏造(ねつぞう)したのだとすると、鶴では手が出せない。

中川の式神であろうものがどうやって軍に所属しているのかはわからないものの、人びとが人ならざるものたちを信じなくなったこの世の中で、人ではないことを暴くのも容易ではないだろう。

「あなたもお知りになりたいでしょう、彼の隠し事を」

中川は、いかにも優しそうな微笑を鶴に向けた。

「結構です。何があっても、わたしは秋人さまを信じます」

「あなたが信じようと信じまいと、いずれ捕まるでしょうがね。これはあの子どもと違ってなかなか優秀で、こうして証拠も揃(そろ)えてくれたのです」

式神であろう存在を指して『これ』と呼ぶのが、鶴には嫌な響きだった。鶴も、シロちゃんについて、秋人に『彼』ではない」と訂正したけれど、モノのようには決して呼ばない。

中川の式神は、鶴をちらとも見ずに、中川のすぐ後ろに控え、主人の命令を待っている。

「何が目的でこんなことをなさるのですか。あなたは……」

秋人さまの『友だち』のはずなのに。

そう詰りたかったけれど、秋人が連絡するのをためらったことを知る鶴は、彼がいないところで、ふたりの関係を表す言葉を、軽々しく口にできなかった。

秋人と中川の関係は、彼らのものだ。鶴が簡単に立ち入って良いとは思えない。

鶴の思いなど知らず、中川は微笑みをうかべたまま、容赦なく秋人を貶した。

「無論、あなたのためですよ。あなたが、あなたには到底ふさわしくないあの男と結婚しなければならないということがないように」

「わたしは強いられたのではなく、わたしが望んで、秋人さまのおそばにいることを選んだのです。秋人さまが、とてもすてきなかただから」

「夢見がちな少女というのは可愛いものですが、困るときもありますね」

「夢、などでは……」

「けれど、夢を壊すのは簡単なことです。彼の罪が世に明らかになり、人びとが非難するのを聞けば、目も覚めるでしょう」

「ありもしない罪なんて……！」

鶴が心から思っていることを軽々しくあしらわれたうえ、恐ろしい企みを突き付けられ、胸の底から燃え上がるように体中が熱くなる。初めに熱を感じて、その熱さに少し慣れてから、やっと、これは怒りだと気がついた。

鶴のためを思っているかのようなことを言って、微笑んでいる中川にこそ、鶴の気持ちを、現実を、思い知らせたい。

こんな感情があったなんて、と自分で驚く。そして、シロちゃんに命じれば、この衝動をぞんぶんに解放できるだろうことも、気づかずにいられなかった。

危険なのはシロちゃんではなくて、鶴の怒りなのだ。

でも、鶴はシロちゃんに、シロちゃんが望まないことは、できるならしないでほしいと願っている。まして、自分の感情にまかせてシロちゃんの意思を問うことさえ忘れるなど、絶対にしたくない。

鶴は怒りを堪え、ゆっくりと息を吐いた。

「……わたしのせいにしないでください。秋人さまをふさわしくないと思うのも、わたしが望んだことを否定しているのも、あなたでしょう」

「鶴子さんは、ご自身が判断を誤っていないと、なぜ言えるのです？」

ふと笑みを消し、そう問う中川の口ぶりは、今までとは一転して、不思議なくらい老成して聞こえた。中川はかたわらに立つ彼の式神を見、その目に嫌悪を宿す。その目つきだけなら、人ならざるものを憎んでいるかのようだが、彼の言葉が咎(とが)める相手は、人ならざるものではなかった。

「人の目は、多くのものを見落とし、聞き逃す。あなたも人間です。この世のすべてがわかるわけではない」

　かつて、秋人が希望にみちて口にした言葉を、中川は苦渋にみちた声で吐き出した。

「さらに、見たくないものからは目をそむけ、聞きたくないものには耳を塞ぐ。それでどうして、あなたはご自分を信じていられるというのか」

　彼の言うことが、理解できないわけではなかった。むしろわかってしまうから、鶴は気勢を殺がれてしまう。

「このものたちのことも、普段、見向きもしないのに、何かがあれば不気味なものとして怖れ、排除しようとする。どうしようもなく愚かで……しかし、それが我々人間です」

　瞳にうかぶ嫌悪と裏腹に、そう言いきる声音は本物の優しさを含んでいるように聞こえた。

　中川は「我々」と言った。彼の言う愚か者の中には、彼も含まれているのだろう。そうして、人間とはそういうものと受け止め、許し――諦めている。だからたぶん、鶴の言葉なんて、端から聞く気もない。

「……わたしが何かを誤っていたとして、だからといって、わたしの気持ちや、あの男の子を、あなたの思うように変えようとするなんて、それもあんな酷い方法を使うのも、おかしいです……」

　鶴は、間違ったことを言っているわけではないはずなのに、自分が言い訳をしているような気がした。他人の諦めを覆すほどの自信がないから、そう感じてしまうのだ。

「承知の上です」

中川の答えは簡潔で、明瞭だった。

「この世には、あなたの気持ちよりも優先すべきものがある」

迷いもためらいもない声が言う。

「……それは、何ですか」

「我らのあるじたる陛下と、その方がお治めになるこの国です。私たちは人ならざるものから、この国、そこに生きる人びとの平穏を、守らなければならない」

中川は、使命に燃える青年の様子ではなかった。当たり前のこととして淡々と吐き出される言葉だからこそ、それほど彼にとって揺るぎない思いであるのが伝わってくる。

「守る、って……。人ならざるものたちは、確かに人を傷つけることもあるけれど、そんな、敵みたいに……」

「敵とは言いません。……今は」

中川が彼の手もとに視線を落とすと、切れ長の目が伏せられて、表情が読みにくくなる。けれど、校門で出会ったときの好青年ふうの振る舞いよりも、もの静かで起伏の乏しげな今の雰囲気のほうが、彼の本心に近づいている気がした。

「人ならざるものは、我々とともに、この世界に存在してきました。互いの関係が、今ほど疎遠になった時期はないでしょうが、今よりよほど交わりが深かったころに、我々と彼らがともにいられたのは、私たちに彼らを止める力があったからこそです」

言いながら、中川が視線を向けた先には、軍人姿の彼の式神がいた。鶴もまたシロちゃんを思い浮かべ、中川の言う通りだと思わずにいられなかった。鶴が人と人ならざるもののあいだにいられるのは、いざとなったら、シロちゃんが鶴を守ってくれるからだ。

「私たちは彼らを制御するすべを持っていなければならない。彼らを脅威にしないために」

「わたしには、中川さまが期待されている力なんて、ありません」

「あなたにはなくても、あなたが使役できるものにはある」

鶴は袖の上から真白を握った。中川の視線が鶴の手元に向かう。

鶴でさえこの春まで知らずにいたシロちゃんの正体を、中川は初めから知っていたようだった。いっそ、彼のほうが詳しいのかもしれない。

けれど、鶴にとってのシロちゃんは、中川が思っているような存在ではないのだ。

「シロちゃんは……」

「それに、あなたが産む子には期待できるのです」

「子ども？」

きょとんと瞬いた鶴に、中川が、このときは年長者らしい穏やかさでうなずいてみせた。

「血とともに受け継がれる力です。昔は、同族や、同程度の力を持つ者同士で子をもうけ、力を継いできた。ですが、完全に同じ力を持つ者というのは存在せず、また、外部から嫁や婿養子を迎えたこともあり、受け継がれる血は次第に薄まって、もはや我々ではかつてとは比べものにならない」

「それだと、わたしと同じ力を持つひとがいなければ、意味がないのではありませんか」

「わずかでも濃くすることはできる。それだけが、我々に残された手段です。力の残ったものをできるだけ集め、繰り返していけば、次第にまた濃くなっていくことでしょう。あなたのお母上と、お父上の血が交わった結果、あなたは多少の力を持って生まれたのですから」

鶴は思わず目を伏せた。彼の言っていることは理にかなっているし、人と人ならざるものがともに在るためには、それが必要なのかもしれないと思わされる。

けれど、鶴の心は彼の言いようを拒んだ。

なぜだろう、と自分でも不思議に思う。人と、人ならざるものがともに居られる世界を、鶴はずっと望んできた。その望みがひどく難しいものであるとわかっていながら、諦めずに方法を探すと決めた。そのすべが、今、目の前にあるというのに、迷わず選ぶことができない。

以前は、もし、願いが叶(かな)うなら、それだけが自分の幸せだろうと思っていた。

でも今、中川に従った未来の、人と、人ならざるものたちが穏やかに暮らす光景を思い描いたら、それを眺めている自分の隣は空っぽだった。その自分の顔はもちろん見えないけれど、きっと笑えていない。

だって、想像だけで、心に大きな穴が空いたようにむなしい。

「我々のような者に、あの男のような凡人はふさわしくない。まして血を守ってきた貴族でもない平民だ。あなたが結婚すべき相手ではありませんよ」

中川の言いように、鶴は唇を引き結んで顔を上げる。中川は、鶴をあしらうときと、本心から話すときで、口ぶりが変わる。人間らしく感じられるのは、本心ではないはずの前者だった。だからこそ、鶴は彼の本心の言葉を判じることができる。下世話な言い回しは作りものだ。

中川は、貴族である〝中川寛則〟を演じているかのようだった。

ならばそれは無視してしまえばいいのに、鶴は、秋人を蔑む言いようをうまく受け流すことが、どうしてもできなかった。

「わたしがどのような存在であっても、秋人さまがそのように軽んじられるいわれはありません」

「人の価値などそのときどきでいかようにも変わります。例えば、これらの悪事を世間が知れば、彼の地位はどうなるでしょうね」

「捏造でしょう」

「あなたに何がわかるのです？　内容も見ないで。人びとは好きですよ、こういう醜聞」

「……っ」

中川は、鶴を子どもで、少しつつけば思い通りになるのだと侮っている。

彼の言う通り、鶴はまだ知らないことがたくさんあるし、彼の使うような手段に対抗するすべも持たない。

それがとても悔しい。けれど秋人は、そんな鶴でも一緒にいるのを喜んでくれる。鶴が自分で、自分の価値を見失うと、秋人の思いもないがしろにすることになる。

鶴は、お腹に力を込めて、背すじを伸ばした。

薄れつつある記憶のなかの母を思い浮かべ、美しく、おごそかに見えるように。

「中川さまのおっしゃることは、きっと正しいのでしょう。でも、そのために秋人さまを陥れようとするなんて、間違っています」

「間違っていてかまわない。欲しいのは人びとを守る力という結果だけだ。正しい手を使っても、結果が出せないなら意味はないんです」

中川は初めて、本心からと感じられる言葉に強い口調を使った。それから小さく嘆息し、彼の式神を見る。

「私が使える力もわずかで、こういう、先祖から受け継いだものを除けば、あの子どもはどの無力なものを使役する程度しかない。今のままでは……」

「人びとを守ると言って、秋人さまのことは傷つけようとなさるのですか？」

「それがどうしたと言うんです？　たったひとりの犠牲にすぎません」

鶴は、中川に無いものを悟った。かつての鶴と同じだ。どんなひとが、どうなろうとどうでもよくて、鶴にとって、他人は誰であろうと変わらず、何の意味も持たなかった。

でも、秋人が教えてくれた。鶴にとって、秋人と同じ人は、彼のほかに世界のどこにもいないし、代わりになる誰かも存在しない。

失うのがたったひとりであったとしても、そのたったひとりの存在が、あまりに大きい。

「友だちだって、秋人さまは、おっしゃっていたのに……」

「そうですか」

中川の心を動かせるかもしれないと思ったけれど、彼は軽く目を眇めただけだった。

「中川さまに、大切なものがないから、そういうことが言えるんです」

「ありますよ。この国と、人びとです」

「その人びとが、どういうふうに成り立つか、中川さまもご存じでしょう。守るためといってひとりひとりを欠いて、最後に何が残るのです」

「全滅するなどありえない。逆に、ひとりを優先してその他大勢を失うなどと、馬鹿げている」

鶴は、冷たい目をする中川を恐れず見返した。

「馬鹿げているとわかっても、わたしには、きっと選べません。秋人さまと、ほかの大勢の方々は、わたしにとって、決して同じものではないから」

「身勝手なことを。我々の力を人びとが失うということは、人と人ならざるものとが穏便に交わるすべも失うということです。人は、目に見えぬ、聞こえぬ人ならざるものの存在を忘れ去るでしょう」

中川は一瞬だけ彼の式神に目をやった。

「人が存在を忘れても、人ならざるものたちが消えるわけではない。ことわりの違う両者は、あいだを取り持つものがいなければ、互いに悪意がなくとも傷つけあう」

「…………」

中川の言葉はまるで、かつての鶴の不安をそのまま表したかのようだった。

言葉を失う鶴を、中川は無表情に、鶴を何とも思ってなさそうな顔で見下ろしている。

そして声だけは優しげに言う。

「そんな世界は、あなたも望まないはずです。あなたの大切な式神が、人を傷つけるなど、お嫌でしょう?」

そのとたん、鶴の前に、真っ白な背中が現れた。

「僕を口実にするな。僕は鶴のために在る。僕のために鶴がその身を捨てるなら、僕が存在する意義もないのだ」

シロちゃんは、はっきりと怒りを滲ませていた。中川は怯むことなく、興味深げにシロちゃんを眺めている。軍服姿の彼の式神は身構えているようだが、中川の指示がないからなのか、動くことはない。

「人びとのためと言って、お前は鶴を道具にしようとする。鶴も人だ。道具ではなく、その身も心も、他人に捧げる道理はない」

「おかしなことを言う。長く私たちと共に在ったなら、お前がここにいる何ものよりも知っているはずだろう。私たちがこの国のための道具であったのは、私たちの始祖から続く事実じゃないか。私たちが道具であったから、人びとは今日まで生きてこられたんだ」

「…………!」

中川の言葉に、鶴は息を呑んだが、シロちゃんが退くことはなかった。

「長く人の世を見てきたからこそわかる。かつての僕のあるじたちがこの国のための道具であらねばならなかったのだとしても、今は、そう在らずとも生きていてよいのだと、鶴とともに居れば感じるのだ」

シロちゃんは中川を警戒するように彼に体を向けたまま、肩越しに鶴を振り返った。その顔は、無表情の中川よりも人らしく見えた。

「鶴、お前の望みは何だ」

いつかも同じことを問われた。そのときの鶴の答えは、たったひとつだけだった。

「……みんなと一緒にいたい……。この世界が、みんなが笑っていられる場所であってほしい、って」

昔の鶴にとって、『みんな』とは、シロちゃんや、自分に近づいてくる人ならざるものたちを指した。今はもう違うことが、鶴を惑わせる。

今の鶴の願いは、かつてと少しだけ変わっていた。

人ならざるものたちと、友人たち、父や義母、秋人。彼らが、鶴にとっての『みんな』だ。

「わたしの願いは……。でも、わたしが秋人さまと一緒にいようとしたら、それがいつか、みんなを傷つけてしまうかもしれないの……」

「そうとは限らない」

シロちゃんは、今まで鶴を導いてくれていたときと同じように、迷いのない声音で言った。

「昔であれば、今のように、人がほとんどの力を失っても平穏に過ごせるなどとは、考えようもなかった。だが今はどうだ？　この変化が示す未来は……」

シロちゃんが言葉を切ったのは、その先を鶴に考えさせるためのようだ。とはいえ誘導めいたそれに、中川が不快そうに口を挟む。

「どう転ぶかなど、誰にもわからないでしょう。もしも……」

「誰にも、未来はわからないだろう」

　中川の言いかけたことを無視して、シロちゃんは穏やかな表情を鶴に見せた。

「お前がどうするかだけが、お前にわかることだ。鶴、お前はどうしたい？　かつて、僕らとともにあることを願ったのは、なぜだ？」

「大事な友だちだから……。みんなと一緒にいたくて、みんなに幸せでいてほしくて……。わたしが、みんなといて、幸せだったから」

　けれど、今の鶴が幸せを感じられる場所は、彼らのそばだけではなくなった。結局、どんなふうに考えても、中川に身勝手と詰られたのと同じ答えに行きつくのだ。自分でもそれがわかるから、小さく呟くような声になる。

「僕もだよ」

　鶴は、はっと目を見開いた。シロちゃんは、初めて見るほど優しいまなざしをしていた。美しい顔が穏やかに微笑むと、どことなく、母に似ている気がする。

「かつての僕はあるじに従うだけのものだった。お前はそれを変えた。僕を見つめ、言葉に耳を傾け、僕の意思を尊重しようとしてくれる。そのことに、僕は幸せを感じている。鶴、お前は、何かを変えてゆくことで、誰かを幸せにすることができる人間だよ」

「！」

「お前が僕の思いを大事にすると言うなら、よく聞け、鶴。僕の願いは、お前が幸せに生きることだ」

「式神があるじに指図するなど……」

忌々しそうに吐き捨て、中川が彼の式神に目配せをする。シロちゃんがそちらに向き直るが、いったい何が起ころうとしているのか、鶴にはわからなかった。

ただ、嫌な予感がする。

「あなたが命じなければ、あなたの式神は手出しできないのではありませんか？」

中川は冷たく笑う。鶴に、シロちゃんを使えと唆(そそのか)しているのだ。

「シロちゃんは、わたしの道具ではありません」

「ではそれが消されるのを大人しく見ているといい。その力さえあればよく、式神自身に意思など不要です。……それとも、あなたが私と結婚してくださると言うなら、大目に見て差し上げても良いですよ。秋人の罪も、ここで、無かったことにしてあげましょう」

「どちらも、あなたが勝手にしていることなのに！」

「力が無いとはどういうことか、お分かりいただけたようですね」

鶴がソファから立ち上がって中川を睨(にら)んでも、彼は軽く肩を竦(すく)めて応じるだけだった。

勢いのあまりシロちゃんの前に出かけた鶴を、シロちゃんが自分の後ろに引き戻す。

「お前を守ることが、僕の望みだ。僕にお前を守らせてくれないか」

「そうやって、シロちゃんはわたしが自分の思い通りにできるようにしてくれているだけでしょ」

シロちゃんの袖を摑（つか）んで強く引いても、振り向いてはくれなかった。中川は彼の式神に、何を命じるつもりだろうか。本当にシロちゃんを消そうとするなら、何もしないでいるわけにいかない。でも、シロちゃんに、誰かを傷つけさせたくない。

だからといって中川に従って、秋人を捨てることも、鶴の心は強く拒んでいた。

それでも今の鶴では、秋人もシロちゃんも助けてあげられない。

だとすれば、鶴が選ぶべきなのは——。

「わたし、は……」

鶴が震える声で答えを出そうとしたとき、ふと中川の視線が鶴から逸れ、襖（ふすま）のほうへと向けられた。

「どうした？」

「旦那さま、お客さまがお見えです」

襖の向こうから聞こえる声は、それも式神なのか、やけに平坦（へいたん）だった。

「お引き取り願え」

「それが」

「俺はきみたち貴族の礼儀なんて知らないから、案内を待ったりしないんだよね」

その宣言通り自ら襖を開けて、秋人が部屋に踏み込んできた。彼はびっくりして固まった鶴に悪戯っ子のような笑みを向ける。彼のいつもと変わらない様子を目にして、鶴は冷えていた指先が温かくなるのを感じた。

自分ひとりで、どうにかしようとしなくてもいい。頼れるひとがいる。

秋人の姿からそう教えられて、胸が震え、つい、涙が滲みそうになった。

「俺を巻き込むなら、妖怪戦争じゃなくて、人間の決まりごとに則って決着をつけようよ」

秋人は場を見てとるなりそう言って、いっさいの遠慮も躊躇もなく鶴のそばに立った。その足もとには男の子が付き従い、中川から隠れるように鶴と秋人の後ろに引っ込む。中川は、その男の子のことも見ていたようだったが、軽く睨むような目を向けたあと、その視線を秋人へと移した。

「久しぶりだね、寛則。元気そうで何より。けど、こういう再会って、あんまりすぎない？」

秋人が場にそぐわないほど朗らかに言う。中川は感情のない目で秋人を見た。

「この場で、あなたに何ができると？」

「ここは人の世だから、それなりに。学生のころと違って、今の俺にはそこそこの力があるからね。と言っても、今回何かをするのは、主には俺ではないけど」

「その子どもはうちの分家筋の死んだ嫡男ですが、何かできるような力はありませんよ」

苛立たしげでありながらも、余裕を残して言う中川に対し、秋人もまた平然と返した。

「人間のやり方で、と言っただろう」

秋人が言うのに続いて、もうひとりぶん、鶴にも聞き覚えのある声がした。

「秋人、お前にはもう少し、余裕とか無いのか」

「婚約者がさらわれてのんびりしている人でなしがいるなら、結婚なんかしないほうがいいよ」

「戸田さま……？」

軍服を着た戸田が、ため息をつきながら部屋に入ってくる。

応接室にいたのは、鶴と中川、中川の式神、シロちゃん。そこに秋人と戸田が増えて、部屋が急に狭く感じられる。

「正隆にも全く関係がないわけじゃないからね。鶴がきちんと伝言を残してくれたおかげで、俺もすぐに手を打てたよ」

ぽかんとする鶴の肩に手を回し、自分に寄り添わせながら、秋人が鶴と、そして中川に向けても言ったようだった。軍人である戸田が無関係ではないと聞かされて、鶴は中川の式神に目をやる。

「さて」

秋人はゆるりと顔を上げ、中川を見据えた。

「正隆を連れてきたのは、もちろん、彼の仕事がここにあるからだよ。軍への密偵の件、一般人に罪を捏造(ねつぞう)した件、未成年を脅迫して連行した件。正隆も忙しいな」

「証拠がおありで？」

「無い、という確証がある？」

はったりかどうか、見分けのつかない笑みをうかべて秋人が答える。

「…………」

中川は、秋人、鶴、戸田、と目を移して押し黙った。秋人にはこの場にいる中川の式神とシロちゃんも見えているはずだが、戸田はどうだろうか。鶴が彼をうかがうと、彼は中川よりもその軍服を着た式神を厳しい顔で見ていた。その視線が近くにいるシロちゃんを素通りしていることから、戸田に人ならざるものが見えるわけではなく、中川の式神が、軍人に擬態しているだけあって、常人の目にも映るようだ。

「お前、所属と階級、それに名は？」

厳しい戸田の口調は、軍人らしさを感じさせた。

「…………」

式神は中川を見、彼からの指示がなかったために、そのまま答えない。

「軍では上官の命令が絶対だ。お前は、階級章を見るに、私の部隊の者だな。答えろ」

戸田の再度の詰問にも、その式神は答えなかった。鶴は中川を見て、答えられないのだ、と気づいた。

戸田も同じように考えたのか、その顔を中川へと向けた。

「状況からして、寛則、お前がその者の主人で間違いない。しばらく前から私の部隊に潜り込ませていたな。何が目的だ？」

「……軍の戦力不足への対応のためです。今の軍では、人ならざるものを相手にしては手も足も出ない。万一のためにお貸しして差し上げたというのに」

「人ならざるものとは？　それに、誰の許可だ？」

中川はうんざりしたように息をついた。それから軽蔑を顔に表して戸田を見、軽く手を振って彼の式神を消した。戸田が目を見開く。

「軍に、こういうことに耳を貸す者がいますか？　私が何かを言っても無意味だ。こちらが幻覚でも見ていると思われかねない」

戸田の視線が戸惑ったように部屋のあちこちへ散る。彼が最後に秋人に目を留めたのを、秋人は落ち着き払って受け止め、うなずいてみせた。

「驚くことになるって言ったろう。この世界には、俺たちの知らないものがいくらでもありそうだよね」

戸田は呆（あき）れたようにため息をついて言い返す。

「そういう問題か？」

秋人ののん気な言いようは中川の気にも障ったらしく、彼も秋人を睨んでいた。

「人の世を保つための私たちの役目も、あなた方は知りもしない」

「だからってお前の思惑に鶴を無理やり巻き込んでいいわけじゃない」

秋人が、鶴を抱く腕に力を込める。いつもは感じない痛みがあって、見上げた秋人の瞳が暗く陰っているのを見つけ、鶴は、彼が薄い笑みの下でとても怒っているのだと気づいた。

その怒りは鶴のためのものだ。だから少しも怖くはなくて、鶴は鶴の肩を抱く秋人の手に自分の手のひらを重ねて、秋人を見つめた。彼が瞬きの隙に鶴を見、次に目を上げたときには、翳り（かげり）は中川を見据えるまなざしの強さに変わっていた。

「鶴がどうするかは、鶴の自由だ。鶴が自分でそうしたいと言うならともかく、不安を煽（あお）ったり、俺を利用したりして鶴に何かを強いるのなら、俺も黙って見てはいない」

「と言って、あなたにこそ何ができるのですか？　たとえばここに連ねたあなたの悪事、世間に明らかにするだけであなたは終わるというのに」

「そんな嘘（うそ）で、秋人さまを……」

咎（とが）める鶴を、中川は冷たく一瞥（いちべつ）し、淡々と言う。

「事実かどうかは、人びとには関係がない。彼らは見たいものを見たいようにしか見ない。

一度新聞や雑誌にでも書き立てられたら、それで十分です。彼ひとりのみならず、会社も終わりでしょうね」

彼の式神が置いていった書類を刃であるかのように秋人に突きつけ、中川はせせら笑った。鶴は怖くて秋人を見上げたが、秋人は、穏やかな微笑をうかべて鶴を見下ろし、同じ表情を中川にも向けた。

「寛則は、会社や、人びとがどう生きているか、知らないみたいだね」

彼はごく静かに言った。そこに怒りはなく、ゆるやかに笑んで、大切そうに言葉を紡いでゆく。

「会社というのは、俺ひとりで成り立つわけじゃない。父の代から、未熟な俺に突然変わっても、支え続けてくれた優秀な社員たちがいる」

それに、と続けるとき、秋人は一瞬だけ、開け放たれたままの襖から、外の空へ目をやった。

「うちの会社は、本当に良いものを扱っているんだ。人が求めるもの、喜ばれるものを売っている。それには自信がある。人びとは俺を求めているのではなく、暮らしをより良くするもの、楽しませてくれるものを求めている。両者がそう在る限り、一時的に信用を落としたとしても、必ずまた求めてくれるよ。それこそ……」

秋人が中川から鶴へと視線を移す。優しい瞳は、鶴の好きな温かさで、明るく澄んでいる。

「人には、俺なんかどうでもいいんだ。事実かどうかを気にしないように、会社の代表が誰かなんて、大半は気にしない。もし俺への評価が会社の信用を落とすなら、俺は辞めたってかまわない。それで、俺が辞めたことさえ世間が忘れ去るころには、おおむね元通りだ。社員たちは働く場所を失わずに済むし、世の中の人たちは楽しく暮らしていける」

「秋人さま……」

「俺のことは、俺を大事に思ってくれる人たちが憶えていてくれる。それで十分だよ」

海を見に行ったとき、空と海を眼前にして、そこから続く広すぎる世界を思いながら、秋人は同じようなことを言った。自分はちっぽけだから、この世界にとっては、いなくなっても些事でしかない、と。

でもやっぱり違うと、鶴は思う。

「会社の方々が秋人さまを支えてくださったのは、きっと、秋人さまが、秋人さまだったからです。ほかのかただったら何かが違っていて……そうして、秋人さまの会社も、品物を心待ちにする街の人たちも、ちょっとだけ違っていたのではないでしょうか」

たとえば、売場に並ぶリボンの色が少しだけ違うとか、同じ製造元のものでも、ティーセットを選ぶか、デザート皿のひと揃えを選ぶかとか。

ほんの些細なことだけれど、鶴は、そういう小さな積み重ねが、鶴自身を――人を、この街を、そしておそらくはこの世界を、変えてゆくのだと秋人に気づかせてもらった。

「少ししか違わないといって、その少しの何かが、もしかしたら大事なことに繋がっているかも……。ほんの少し、何かが違っていたら、わたしは秋人さまにお会いできなかったかもしれないって、それは絶対に嫌です」

この場でとり交わされているのがそういう話ではないとわかっていても、鶴は言わずにはいられなかった。

「自分がいなくてもいいなんて、言わないでください……」

鶴の訴えを聞いて、秋人は優しい微笑みを返してくれたが、うなずいてはくれなかった。本心では、鶴の言うことを受け入れるつもりがないのだろうとわかる。

その微笑みが、鶴の心を決めさせた。

ずっとこのひとのそばにいよう、と。

「わたしも、そしてシロちゃんも、誰かの思い通りに生きていくなんてできません。だって、自分の思いがあるんだもの」

確信を持って、秋人から中川へ視線を移す。彼は呆れたように言った。

「式神は命じられてあるじの用を為すものです。自分の意思など必要ない」

「だから、この家の使用人たちは機械仕掛けみたいなのか。そんなことだから俺を止められないんだ」

肩を竦めて呆れたそぶりを見せる秋人に、中川が、自分こそ呆れていると言うように言い返す。

「あなたがおかしいだけで、普通、使用人を振り切って乗り込んでくる客はいないんですよ」

「女学生をさらうような真似をしておいて、よく油断していられるよね」

秋人が言うと、中川は今は何もない彼の横へ視線を流した。必要であれば、式神に守らせる、ということなのだろう。命令がなければ何もできず、命じられれば何でもする。それが式神の正しい在り方だとしても、鶴は嫌だった。

「人ならざるものたちとともに在ることを望むとき、シロちゃんの思いを大切にしたいというのは、わたしのみなもとです」

「式神の手綱を放すと？」

許しがたいというふうに、中川の声音が厳しくなる。

「シロちゃんの思いを、きちんと聞くだけです。もしそれでシロちゃんが間違っていると思うなら、わたしはシロちゃんを止めます。シロちゃんが嫌だと思うことは、させません」

鶴はシロちゃんと、次いで秋人を見た。彼から教えてもらったことをなぞるように声に出す。

「人でも、人ならざるものでも、そのものとともに在ることを望むなら、相手を知らないといけない。ただ、当たり前のこととして」

そうしてまた、中川を見つめる。彼のことを、鶴は理解できる気がしていた。

「いくらわたしがみんなといたいと願っても、わたしだけでは叶わないんです。みんなもそう思っていてくれなければ……」

中川は今、ひとりぼっちだ。人びとを守りたいという思いは確かにあるけれど、誰ともわかちあおうとせず、ひとりで強引に事を進めようとするから、ひとりで苦しんでいる。

「だから、これから先、わたしたちが……わたしが、人ならざるものたちとどうかかわっていくべきなのかは、ひとつひとつ、出会った彼らと決めてゆきます。今までどうだったかに、とらわれることなく」

血が薄まって、人は、人ならざるものとの交わりを終えようとしているのかもしれない。少なくとも、もはやかつてのように近しい関係ではない。それがこれから先どうなってゆくかは、まだ誰にもわからないだろう。

でも、誰かの意思をねじ曲げて無理やりつなぎ止めようとすることを、鶴は良いことは思えなかった。

幼いころ、夜の庭で、互いの違いさえ気にしないままともに過ごした。その日々は慕わしくて忘れがたく、人の世に居場所のなかった鶴は、ずっと、あの場所に帰りたかった。

二度とは戻らない過去に、焦がれていたのだ。

（わたしにはもう、あの庭でなくても、生きていける場所がある)

止められない変化に抗うだけではなく、新しい道を探すこともできる。鶴が今、かつては夢にも思わなかった場所にいるように、どこかに、まだ誰も知らない道もあるはず。

こっそり、のつもりで鶴が秋人との距離をそろりと詰め、その胸に頬を寄せると、鶴の肩に置かれていた秋人の手が、指先にそっと鶴の髪を絡めて、撫でるように梳いた。

「あなたはわかってくれると思っていたのに」

中川が無感動につぶやく。彼の顔を見ようと鶴が少し首を起こしたとき、秋人が呆れ果てたふうに言った。

「寛則はそもそも、初手から間違っているんだよ。交渉というのは、有利な条件を持つ相手から譲歩を引き出すことだ。一方的に理解を求めるものじゃない。まして、弱みを突いて脅すような相手を、誰が信頼するんだ」

秋人の言葉を受けても、中川は表情を動かさなかった。彼が鶴を見る目にだけ、失望を感じる。

信じられる人間がいなかったころの自分が、彼に重なるようだった。

すべてを諦めきって、心が動くことさえ少ない、人でありながら、人の心を失いかけていたころの鶴。

何か言葉をかけたかったが、言うべきことは何も思い浮かばなくて、じっと彼を見返す鶴の横で、秋人は、ほんの少し声音をやわらかにして告げた。

「理解してほしいというなら、お前は初めに、鶴に事情を打ち明けて、力を貸してくれるようお願いすべきだったんだよ」

中川が心を動かされた様子はない。彼は初めから、鶴が協力してくれると思っていなかったのだ。秋人は中川の反応がなくても、気にしてはいないかのように続けた。

「それで鶴がどうしたかはわからないけれど、少なくとも、こんな子どもを送り込んで自分は身を隠したまま、裏から操ろうとするよりも、可能性はあったんじゃないかな」

「……ありませんよ」

「…………」

中川に視線を向けられ、鶴はついうつむいた。彼の言う通り、たとえ穏便に依頼されていても、秋人のそばを離れる選択はできなかっただろうと思う。

秋人は中川と鶴のありさまに、軽いため息をひとつ吐いた。

「そもそも、お前さ、鶴みたいな女の子を脅す前に、俺に話をするくらい、すればよかっただろう。友人なんだから」

秋人の声音が変わったのを感じ、はっとして顔を上げる。彼は、悲しみと諦めを抑えつけたような、無表情に近い薄い笑みをうかべていた。

「そうしたところで、秋人、あなたに何ができるわけでもないでしょう。無駄に巻き込まれるだけです」

「その幽霊をけしかけたなら、どのみち同じことだろ」

拗ねたような秋人の言い方に、中川は深く嘆息した。

「あなたが、人ならざるものとかかわりを持っていたのが想定外でした。しかも、まさか見えるなんて。何も知らないと思っていたのに」

「鶴が教えてくれたんだよ」

中川が鶴を見、睨むように目を眇める。そして、ぽつりと訊いた。

「……もし、私が人ならざるものについて打ち明けたとして、秋人は信じましたか？」

秋人は、いつになく真剣な面もちで中川に向き合った。

「友人の言うことを、無闇に否定したりしない。それに、俺自身、屋敷が祖母の遺した魂でおかしくなっていたし」

秋人がそう言ったとたん、今度は、中川のほうが、いくらか子どもっぽく目を丸くした。

「は？　あなた人には何かあったら力になると言ったくせに、自分は黙っていたのですか？」

「大学のころだから、そのときお前とは疎遠になっていたよ」

「秋人お前、巻き込みたくないと言って私をも遠ざけていたのだから、寛則がいても同じだっただろう」

秋人の言い訳を戸田が打ち消し、中川は呆れ顔をする。

「あなたが希少生物なみのお人好しであったこと、思い出してきました。天然記念物の保護法案が、ちょうど、貴族院で審議されているところですよ。保護してもらったらいかがです？」

中川の冗談混じりの皮肉を受けて、秋人も、彼のほうは少し楽しげに言い返した。

「お前が頭に馬鹿のつく真面目だってことを、俺は忘れたことないけどね。どうせ今回だって、国のため人のためって、突っ走ったんだろう。鶴を巻き込んだことについては頭に来てるけど、俺だって、お前のことが何もわかってないわけじゃない」

「そうやって好意的にとらえようとするところ、本当に相変わらずですね」

「好意的も何も、そうだろ。私利私欲だったら、俺も心置きなくお前を始末できたのに」

「あなたに、人を始末するという発想があったことに驚いています。多少は大人になったようで」

「十年経っても私欲のひとつもなさそうなお前のほうが希少だよ」

秋人も中川も、互いに一歩も引かず言い合うさまは、とてもおとなの話し合いには見えない。鶴が街で見かける、じゃれあう男子学生のほうが、雰囲気が近い。

不毛なやり取りを止めようと、戸田がふたりの間に片腕を突っ込んだ。

「やめないかふたりとも」

奇妙に調子のよい口喧嘩が突然始まって、鶴は呆気に取られるしかなかった。中川は、鶴に対してはほとんど感情を表さなかったのに、秋人が相手だと、とたんに人間らしくなる。

そしてまとめて戸田に叱られ、気まずそうに肩を竦めるしぐさも、秋人と中川はなぜか似ていた。

「あの……」

戸田の一声で部屋が静かになった隙に、鶴はそろりと青年三人の会話に割り入った。

「あ……ごめん、鶴」

「いいえ。あの、中川さま、どうかこの子を、解放してあげてください」

秋人の足もとに隠れぎみにしている子どもを中川に示すと、彼は小さく嘆息した。

「一族の者でありながら、役目を果たすのをためらうとは、情けない」

子どもがびくっと震えて、鶴に助けを求めるような目を向ける。

中川の嘆きに、鶴は自分と中川との違いを思いながら言った。

「生まれ持った血が、そのひとの意思を決めるのではないでしょう。もしそうだったら、わたしも、あなたと同じように考えることができたのかもしれません。でも、そうでないものを無理やり従わせようとしたって、きっとうまくいかないんです」

「我々の在り方は、血によって決まっていた。国のために尽くし、人ならざるものたちを正しく使うことが、私たちの使命に他ならないのです」

「昔はそうでも、……わたしは、わたしのご先祖さまたちとは違うから……」

　鶴の脳裏に、ほんの一瞬、母の姿が見えた気がした。ずっと憧れてきたけれど、たぶん、鶴はその母のように生きても、望む自分にはなれないのだろう。

　秋人のそばにいると、そういうことに気づいてゆく。

「今までの人たちとは違う生きかたをして、シロちゃんや、ほかのみんなとも、違う関係を築くこともできると、思います。わたしがそうしてゆこうとするなら、きっと変わります。わたしが秋人さまや、友人たちと出会って、変わることができたように」

　変えてゆきたいのだという願いを込めて、鶴は中川を見つめた。

「この子にも、お役目よりも、人を仲違い(なかたが)させるのが嫌だと思う心があって、それはあなたとは違うもので、ひとの心を、あなたがねじ曲げるなんて、できないということではありませんか」

　中川は、鶴の言葉には応えず視線を落とした。その彼に秋人が言う。

「そういえば高校のころ、お前、水泳が苦手だったね。海で溺れかけたから、無理するなって俺が言ったら、中川家の嫡男が軟弱であってはならないとか言って」

　唐突に、関係のない話をしはじめた秋人に、中川が怪訝(けげん)そうな目を向ける。秋人は中川へ、朗らかな笑みで返した。

「で、あれから、海は好きになれたのか？」

「あなた、要らぬことを、よくもまあ憶えていますね」

「貴族って大変だなって、印象に残ったから。そのとき俺はお前のことを尊敬したけど、そのあとまた溺れたのには、貴族云々より、ただの馬鹿なんじゃないかって思ったよ」

「……それが、何です？」

中川の顔が、ほんのり朱色になりかけているのは羞恥に違いなかった。けれど彼は表情を動かさず、秋人に先をうながす。

秋人は中川の意地に、いくらかの気まずさも混じる微笑みをうかべた。

「あのとき強がってたけど、やっぱり海は嫌いだったんだろ。役割があるからって、お前自身の心も、必ずしも役割に添わないじゃないか。波打ち際で真っ青になって固まってさ、もう嫌いって言えばいいのにって、思っていたよ」

「本当に、いやらしい物覚えのよさです」

「興味ない奴のことは憶えていないよ。お前が、友人だからこそだ」

秋人の言葉に中川は嫌そうに顔をしかめ、けれど懐から紙の札を出して、黙ったままそれをふたつに裂いた。とたん、男の子の透けた姿が、さらに薄れ始める。

よかった、と、鶴は子どもと目を合わせて微笑んだ。

『あの！』

男の子は急に大口を開けて言い、そして、はっと、声が出せることに気づいたようだった。消えかけた自分を見下ろし、すぐにまた鶴を見上げる。

『あのね、お姉さま』

中川の使役から解き放たれた男の子は、消えゆくあいだに、急ぎぎみに鶴へ話しかけてきた。

『ぼく、極楽でおかあさまが待っているから、お姉さまはぼくのおかあさまでは絶対になれないけど、でもね』

男の子の声は、男の子が薄れゆくにしたがって、小さくなる。鶴は少しも聞き漏らさないように耳を澄ませた。男の子も、自分が消えていくのをわかっていて、大きく叫んだ。

『お姉さまの子どもは、とってもしあわせだと思う！』

「！」

『やさしくしてくれて、ありがとう……』

子どもは最後に満面の笑みをうかべて、ろうそくの炎のように、ふっと消え去った。

鶴のなかには、贈りもののように、その子の声が残っている。

「子ども……わたしでも、しあわせにしてあげられる、かな」

「絶対にね。だけど、鶴がひとりで悩むことはないよ。俺もいるから」

期待を滲ませた鶴のつぶやきを、秋人がいっそう励ましてくれる。鶴は微笑んで彼を見上げた。

そこへ、腹いせのように中川が割り込んでくる。

「あなたの手に負える子ではないかもしれませんよ」

「やめなさい、寛則」

たしなめる戸田の厚意を台無しにするのは秋人である。

「そのときはお前を頼るよ」

「秋人、お前も煽るのはやめなさい」

「初めから私に預けるのがよいのでは?」

「鶴のことでも子どものことでも、どっちでも断る」

秋人と中川の間で、戸田が頭痛をこらえるように眉間を指で揉んだ。

鶴にとっては完全に想定外の展開で驚くいっぽう、秋人が友人を失うことがなさそうで、ほっとする光景でもあった。

「寛則、お前の性格を知っているから、お前なりに必死だというのは理解するけれど、それでも俺はけっこう怒っているんだ」

「でしたら、濡れ衣を着せたとして私を警察に突き出せば良いでしょうに」

中川が、秋人の罪の証拠として鶴に突きつけた紙束をちらりと見下ろす。秋人もそれを見たものの、軽く笑い飛ばした。

「それはただの紙束だろ。素直な鶴は脅せても、俺には通じない」

「面倒なひとですねぇ」

「わざわざ警察に突き出せなんて言うお前のほうが面倒だよ。それに、俺がお前を訴えるとしたら、冤罪より鶴を脅したことのほうだ」

秋人は深いため息とともに言った。それを聞いた中川が、少しの沈黙ののち、初めて、かすかだが確かに、本当に笑った。

「底抜けのお人好しは相変わらずと思っていましたが、……何もかもを人にあげてしまいそうな癖は、少しマシになったようですね。蔵橋家の娘と結婚しようというなら、その悪い癖は無くさないと、下手をすれば搾り尽くされますよ」

「……えっ？」

意表を突かれた秋人がきょとんとする。鶴は思わず中川を見た。彼は鶴の視線に気づいたが、面白くなさそうにふっと目を逸らしてしまう。その表情は、親戚だからか、あの幽霊の男の子に似ていた。

秋人と中川がそれぞれ気を逸らした隙を逃さず、戸田がふたりのあいだに体を入れ、中川に相対した。

「その辺で終いにしてくれ。寛則、お前には、後日軍本部にて事情を聞かせてもらう必要がある」

「後日でよろしいのですか。私は隠蔽に走るかもしれませんよ」

「勘違いするな。追及するためではない」

中川は戸田に胡乱な目を向けた。

「どういうことです？」

「今回の件、軍内部では部外者の出入りなど、不審な事件として挙がってはいるものの、まだ内々に処理することが可能だ。それをわざわざお前の罪とするより、どういった事情があってのことか、話を聞いて、対応を検討する。お前にも協力してもらうぞ」

中川が、気の抜けたようにふと笑う。

「陛下の軍が、当然のように不正を持ちかけてくるとは」

「お前と同じだ。目的は国と国民の安寧であって、そのためには、多少手段を問わないこともある」

「なるほど。国のために、本当に考えてくださると言うなら、喜んで力をお貸しします」

口ではそう言いつつ、中川は、本心ではどうでもよさそうに見えた。他人を信じないから、彼に都合がよいはずの戸田の提案も、その思いも、信用できないのだ。

けれど、中川が、友人であってもすぐには信用することのできないその心持ちは、鶴にはよくわかるものだった。むしろ好ましく思う相手だからこそ、失望される未来を想像し、傷つくことを怖れてしまう。

一応の見送りを受けて屋敷を出る間際、鶴は迷いつつも立ち止まった。鶴の手を引いてくれていた秋人も足を止めて、不思議そうに鶴を振り返る。鶴はそんな秋人と、次いで中川を見て、口をひらいた。

「中川さまの思いも、間違ってはいないのだと思います。やり方はいけないけれど……。あなたに従うのが、本当は正しいのかもしれない……」

秋人が息を呑む。鶴は中川から視線を外し、繋いだ手をたどって、秋人を見上げた。

「でも、わたしは、いろんなことを、上手にはできない人間だから……」

鶴は自分自身と、それから秋人へと、思いを伝えたくて、気づいた気持ちを言葉にしていた。

弱さも情けなさも、鶴をかたちづくるものだ。

それもまた、鶴と秋人を出会わせたもののひとつだと思えた。

自分の意気地なさや、不器用さなんかが原因で、上手にできないことも多くて、今までに何度も悔しい思いをしてきたけれど、今回ばかりは、うまくできない人間でよかったと思った。何かを選び取って、うまく生きてゆくすべを鶴が持っていたら、実家で苦しい思いをしたり、人ならざるものと人とのあいだで悩んだり、他人との隔たりを作ったりせず、楽に暮らしていたかもしれない。

そうだったら、きっと、秋人とは出会っていない。

「それが正しいかもしれないとわかっていても、選べないのです。秋人さまと、一緒にいたくて……その気持ちを、どうにもできないから」

人ならざるものたちのことも、秋人のことも。

「捨てられないから、わたしはずっと、大切にします」

心を込めて、鶴は秋人へと微笑みかけた。


中川の屋敷を出たとき、夏の空はまだ十分に明るかったが、日差しには夕暮れの気配が混じっていた。

無事にことが済んだという解放感はあっても、緊張を解くには、鶴にはもうひとつ、やるべきことが残っている。中川邸の門前で、近場に停めた車を持ってくるという戸田を待つ時間、鶴は陽子と向かい合った。

「……陽子さん、ついてきてくれて、本当にありがとう。それに、変なことに巻き込んでしまって、ごめんなさい」

陽子は鶴と離されたあと、ずっと隣室にいて、詳細はわからないだろうが、何かしら騒ぎになっているのは感じ取っていたはずだ。中川に、戸田や秋人まで加わって、男性三人と揉めていたとなれば、普通の良家の子女なら、それなりの醜聞になりかねないことである。

陽子が人柄の優れた少女であることを、鶴は疑っていない。それでも拒絶を怖れる鶴を、陽子は、いつもと同じにおっとり微笑んで受け止めた。

「いいのよ。お鶴ちゃんの意外なところも見られて、興味深かったわ」

「意外って……」

「年上の男のかたと、ふたりきりで話をつけようとしたりするのね」

「え、あの、それは」

「しっかりしたもの言いのできる元気な子って、ほら、あの雑誌で特集されていたりしたじゃない？　お鶴ちゃんって、ああいう、今どきの子だったのね」

「えっ……。あの……」

「冗談よ」

女学校の休み時間となんら変わらない笑みと口調で、陽子は鶴をあしらう。その雰囲気に流されそうになってしまったし、つい、流されてしまいたくもなったが、鶴はどうにか気を取り直した。

「あのね、そうじゃなくて……。こんなところまで付いてきてもらったのに、その……いろいろ、詳しく説明もできないことなの。本当にごめんなさい」

不義理なことだと、鶴も理解している。けれど人ならざるものと、軍もかかわってきては、何が起こってどうなったのか、陽子に話せることではなかった。

怒られることも覚悟したのに、陽子は軽やかに笑うだけだった。

「いいのよ」

「でも、迷惑、かけてしまって……」

「このくらい、構わないわよ。だって、お友だちが頼ってくれたのだもの」

「！」

鶴は息をのみ、しばらく何も言えずにいた。やがてじわじわと陽子のひと言が体に染みてゆき、自然と笑みがうかぶ。

「うん……！」

子どもみたいな返事をした鶴に、陽子がくすりと笑った。

「ありがとう」

「お礼を言われることではないわ。それより、私は別のことが気になるのだけど」

陽子が鶴の肩に手を触れ、内緒話のように顔を寄せる。鶴ははじめ、何のことかわからずに首をかしげていたら、楽しそうな笑みの気配とともにささやかれた。

「あのかた、お兄さまではないのでしょう？」

「……えっ、あ……あっ！」

一気に頭に血を上らせた鶴は、軽く仰け反って陽子から顔をそむけた。でも、もう言わないつもりはなく、紅色に染まった頰を手で押さえながら、そろそろと顔を上げて秋人を振り返る。気を遣ってか、少し離れたところに立っていた秋人は、鶴の視線を受けて小さく笑った。

「陽子さん、あのね、あのひとは……」

駒子といたときに、街で秋人と行き合ったときは、自分が彼の婚約者だと名乗る重圧に負けてしまった。けれども、今の鶴にあるのは、純粋な恥じらいだけだ。

鶴は陽子から離れ、数歩先の秋人のもとへ近づいた。鶴がどうするつもりかとじっとして動かない秋人の袖を引こうとして、思い直してそっとその手に触れる。すぐに握り返してくれる秋人に笑いかけ、手を繫いだまま、秋人を連れて陽子の前に戻った。

頰が湯たんぽを当てたように温かくて、わきあがってくるくすぐったさがそのまま、鶴を笑みほころばせる。

「柊木秋人さま。わたしが、将来結婚するひと」

なぜか、秋人と陽子が揃って鶴に視線を集めた。鶴がきょとんと秋人を見上げているうちに、ふたりが、初めまして、ごきげんよう、と言い交わし、名乗って、挨拶を済ませてしまう。

「鶴が、いつもお世話になっています。学校が楽しそうで、安心しているよ」

「こちらこそ」

秋人と陽子がそんなことを言うのが、鶴には妙に気恥ずかしかった。それから、陽子は秋人に聞こえるかどうかくらいに小さく声を潜める。

「ねえ、柊木さま、って、もしかして前に……」

「えっと、そう……」

「もしかしてあのときにはもう？……お鶴ちゃん、駒子さんが怒るわよ～」

「……やっぱり、そう、だよね……」

想像して首を竦める鶴を、陽子はからりと晴れた笑顔で笑い飛ばした。

「でも、許してくれるわよ」

秋人の腕に顔半分を隠すようにしていた鶴は、陽子の明るい声に視線を上げた。夕暮れを迎えようとする空に、まだ半分残る夏の鮮やかな青を背にした陽子が、その名の通り、太陽みたいに笑って鶴を見ている。陽子のひらかれた唇から次に出てくる言葉が何か、その瞬間に鶴にもわかった。

「友だちだもの」

「今度、運転許可証を取ってこよう」

中川邸からの帰り道、鶴たちは戸田の運転する車に乗せてもらい、先に陽子の家へ彼女と彼女の御供(おとも)を送り届けた。助手席から空いた後部座席に移ってきた秋人は、うとうとする鶴を寄りかからせてくれながらそんなことを言う。

鶴が眠っていると思っているからか、車内は友人同士の気安い雰囲気だった。戸田は運転のために前を向いているが、口調が明瞭なので、秋人に応える声もはっきり聞こえる。

「車を停める場所には少々難儀するが、まあ、あれば便利なんじゃないか。電車のように、時間にとらわれることもないしな」

戸田が具体的な助言をするのに、対する秋人の回答は少し趣旨が違っていた。

「俺が運転できたら、今、鶴とふたりで帰れたのに」

「車はこの一台しかないが？」

「正隆には立派な足が二本あるだろう」

「馬鹿を言うな」

鶴を気遣って、青年ふたりは潜めた声でやり取りしている。でも、笑いの気配はちっとも潜まっていなかった。

いいなあ、と、夢うつつに鶴は思う。

自分も友だちと仲良く過ごして、彼女たちと秋人は別だと感じられるからこそ、秋人と戸田の友人の距離がやっぱりうらやましい。秋人の友人になりたいのでは決してないが、あんなふうにごく親しいあいだがらになりたいと思う。

そのあと、鶴が目をつむったまま秋人の声を心地よく聞いていたら、軽口混じりに雑談していた秋人が、ふとひどく真剣な調子になった。

「正隆、あのこと、お願いしてもいいかい」

「やっと腹が決まったのか」

「別に、怖じ気付いたとかではなかったんだけど……。それが鶴のためなのかと考える裏で、俺は、自信がなかったのかも。必要以上に心配になるんだ」

「お前、昔からそうだぞ」

車内に、しばらくの沈黙が広がった。鶴は思いがけない秋人の言いようですっかり目が冴えていたが、なりゆきがわからず、何を言うこともできないので、寝たふりをしていた。

「……鶴のおかげで、今後はもう少し、不安にならずに済む気がするよ」

「よかったな」

「本当にね」

そのあとはまた他愛のない雑談に戻ってしまって、鶴は、それ以上の秋人の心情を聞くことはできなかった。よくわからないもどかしさが生まれたことで、よけいに、戸田へのうらやましさが募った。

車を降りるときに秋人に抱えられそうになって、鶴は思わずぱっちり目を開いて彼から逃げ出した。

嫌だったのではなくて、驚いたのと、恥ずかしかったからだが、そのせいで起きていたことが秋人にばれてしまった。玄関の鍵を開けようとしていたところで秋人に追いつかれ、結局、一緒に家に入る。

「聞かれて困る話なんかしていないから、鶴がそんなに縮こまる必要はないよ」

「うう……」

「聞かれて困るといえば、いつの間にか、俺にはきみの式神や、ほかの不思議なものたちは、見えなくなっているな」

「えっ！」

鶴は周囲を見回してみたが、もともと、秋人の家の中には、人ならざるものはいない。

「いつから……？」

「どうだったかな。寛則の屋敷(やしき)を出るころには、たぶん。あの子が消えたから？」

「…………。あの、実は……、秋人さまに、あの子のことが見えたらいいのにって、わたしが思ってしまったのが、原因なんです」

鶴は少し躊躇(ためら)ってから打ち明けた。

「わたしがそう思ったことで、シロちゃんの力が、秋人さまに……」

人ならざるものを受け入れてくれた秋人でも、その力が彼自身に及ぶことは、不気味に感じたかもしれない。鶴が不意にとはいえ操った結果を、秋人にどう思われるかが、どうしても怖かった。

でも、鶴が想像することとは、違うことを言うのが秋人である。

「じゃあ、もう見えなくてもいいって鶴が思ったから、俺には見えなくなってしまったのかい？」

「そう、かもしれません。わたし、自分の意思でシロちゃんの力を扱ったことがないから、よく、わからなくて……。……それより、秋人さまは、残念そう、なのですが……」

「せっかく、鶴と同じものが見えて、聞こえていたのにな、って。でも、俺にまた見せようとしてくれなくていいよ。嫌だったわけじゃなくてね」

鶴が落ち込む可能性を、先回りして潰してから、秋人は困ったように眉を下げた。

「きみの使う力、その持ち主の式神は、鶴に、普通の人としての幸せを望んでいた。それなのに俺とかかわったせいで、鶴はむしろ深入りする羽目になってしまった」

『逆だ。あなたがいるから、僕はもう、鶴には必要のないものと思えた。あなたのそばでなら、鶴は普通の人間として生きてゆけると』

「シロちゃん……」

「何か言ったのかい？」

察して尋ねる秋人へうなずく。

鶴は、シロちゃんの言葉が秋人に聞こえなかったことを、残念に思わずにはいられなかった。シロちゃんが伝えたいことが、直接には伝わらないことや、秋人が受け取れないことは、やっぱりもどかしい。

「逆だって、シロちゃんは言っています。秋人さまのせいでわたしが深入りする羽目になったのではなく、秋人さまがいるから、シロちゃんはもうわたしには必要ないと思えたって。秋人さまのそばでなら、わたしがふつうの人として生きていける、って……」

今の世ではもはや、普通には通じ合うことの難しい、人と、人ならざるものとのあいだを繋ぐのが、自分の役目なのかもしれないと鶴は思った。鶴の先祖は、国を守ることを主な役目としていたというけれど、鶴は鶴なりに、シロちゃんとの関係を含めて、自分の持つ力の使い方を考え、見つけてゆかねばならない。

「普通の人、か」

秋人は、なんだか難しいことを言われたというふうにため息をついた。

「何だろうな。鶴や、寛則が普通じゃないっていうのも、俺にはどうも納得いかない。かといって、じゃあ普通かと言えば、たぶん、そうもいかないんだろう」

「ふつうの人、として……」

「鶴。俺は、普通かそうでないかより、鶴がどんなふうに生きてゆきたいかを大事にする。たとえ普通でないかもしれなくても、鶴が望むようにしていいよ」

「そんなふうに言われると、わたし、悪い子になってしまいそう……」

「フフ」

鶴はそこそこ本気の危惧をおぼえたのに、秋人のほうが悪戯っぽく笑う。

「悪い子といえば、鶴って、お友だちとは、俺に対するのとはずいぶん違う話し方をするよね」

「！」

「ふと思い出しただけで、それを悪いと思ったり、責めたりしているわけじゃないよ。見た目の予想を裏切ってくる、それはそれで可愛い話し方だなと思うし、変えてほしいとも思わないけれど……」

秋人が一度言葉を切り、そっと、鶴の唇にひとさし指の先を当てる。

「俺ともそうやって話してくれたらな、とは思うよ」

「ひっ」

鶴は、秋人に唇に触れられていて逃げ場がなく、小さな悲鳴だけ上げて目で訴えた。

今は無理。

でも、いつか秋人とすっかり何もかも打ち解けて話せるときがあるなら、それは楽しみかもしれない。

鶴の気持ちが通じたのか、秋人がくすくす笑いながら手を引きつつ、優しく目を細めた。その満ち足りたような笑みを受けて、鶴のなかで、どうしても尋ねたいことがあった。

「……秋人さま、あの……」

すぐ近くから、秋人を見上げる。

「なんだい？」

「……戸田さまと、お話しされていらしたこと……、戸田さまに、何をお願いしたのですか？」

秋人がはっとしたように目をみはる。あのときの話の締めくくりから、悪いようにはならないものだとわかってはいたが、秋人が何を思っていたのかを知りたかった。

特に、秋人が不安に思うことや、自信がないと言うことがあるなら、鶴とも分かち合ってほしい。

「婚約が差し戻されたということを教えてくれた日、正隆は、自分が口添えをすれば、次は通るだろうと言ったんだ」

「え……」

秋人の言いかたでは、彼は、それを断ったことになる。そう気づいて凍り付く鶴を、秋人は優しく抱き寄せた。

「そのとき、俺は、鶴にはもしかしたら、もっと良い未来があるんじゃないかって、思ったんだ。今の鶴なら、俺じゃなくても……」

「どうして……」

「なぜだろうね。自分でもよくわからない」

秋人の心情を、どう受け止めたらいいのかわからなかった。秋人本人さえわからないというものを、鶴はどのようにしてあげたらよいのだろう。

悩みかけて、それがもう解決していることに気づく。秋人のなかで何かがほどけたから、彼は戸田に口添えを依頼できたのだ。

「わたしが秋人さまを不安にさせてしまったのでしょうか」

「鶴が悪いわけじゃないよ。でも、俺はきみにこれから先、何をあげられるんだろうと、そういうことを思ってしまったり……」

「何かをくださることだけが、秋人さまの価値じゃないです！」

思わず強い口調で口を挟むと、秋人がはっと息を詰める気配がした。

「秋人さまに、たくさんのものをいただいて今のわたしがあるのに、こんなこと、言える身ではないけど、でも……うまく、言えないけど……わたし……」

与えられてばかりの自覚はある。けれど鶴は、そういう何かがなくても、自分はきっと秋人が好きだろうと思った。

「そばにいられるだけで嬉しいんです。何もなくても、秋人さまは、わたしの特別だから」

「……どうして？」

少しだけ、秋人が泣きそうなようにも感じた。鶴がじっと見上げてみても、彼の瞳が潤むことはなかったが、いつもより熱を帯びて見える。

「父が、言っていました。理由で納得できるなら、それは特別ではなく、妥当だ、って」

秋人は、いつもと同じ温かみのある黒い瞳を丸く見開いて、その目いっぱいに鶴を見つめていた。鶴も同じように見つめ返す。

「俺は、鶴が思うほど、いいひとじゃないかもしれないよ。きみがまだ知らないだけで、うまくできないことや、情けないところが、これから見つかるかもしれない。……鶴、なぜ笑っているの？」

秋人がきょとんと瞬く。鶴は、口もとが緩んでゆくのを、おさえられなかった。

「秋人さま、今までだったら、そんなこと絶対におっしゃらなかったから」

「そんな、って……」

「つらいことや苦しいことを、いつもわたしの前では、わたしのために堪えてくださっていました。わたしを思ってくださるのは嬉しいのです。けれど、わたし、秋人さまに、頼ってもらえるようになりたくて」

鶴につられたように、秋人の顔にもゆっくりと微笑みがかたち作られてゆく。

「今、すこし、どうして俺がためらってしまったか、わかったかもしれない」

秋人が鶴を映す瞳はとても優しく、でも、穏やかというには、そこにうかぶ秋人の思いがとても強かった。

「俺は、きみが好きだよ。俺の好きな鶴の優しいところ、可愛いところ、びっくりさせられるところ、ちょっとダメなところ。そういうのを全部持っている、この世界にひとりしかいない鶴が好きなんだ」

「…………」

この世界で、そのひとだけ。その想いは鶴も知っている。きっと同じ気持ちだと思いながら、じっと秋人を見つめ、声を聞く。

「だけど、世界でたったひとりの鶴を自分のものにしたいって、それはとても欲張りなことだとわかっているから、俺は、自分が本当に鶴を手にいれていいのか、不安に思ったのかもしれない」

「秋人さまがほしいと思うなら、全部あげます」

秋人の声がまだその場に残っていたくらい、間をあけずに鶴は言った。

「わたしのことを、本当に大切に思ってくださっているからだとわかります。でも、秋人さま、ご自身のお気持ちも、どうか大切にしてください」

中川が、秋人のことを、何もかも人にあげてしまうというふうに評していたのと同じようなことを、鶴も感じていた。

秋人には、何かを捨てるくせのようなものがある、と鶴は思う。

中川の屋敷(やしき)では、会社を守れるなら代表を辞めるとあっさり言ってしまうし、事実、かつて、友人や誰かがそばにいてくれる暮らしを手放してしまっていて、秋人にとって大切であるはずのそれらを、誰かのためになるなら捨てることをためらわない。

「わたしは……」

次に言おうとしていることが自惚(うぬぼ)れではないかと、少しだけ怯(ひる)む。秋人は鶴の言葉を黙って待っている。鶴をじっと見つめて瞬きもしない彼の瞳と、その沈黙に、期待のようなものを感じて、鶴は自分の羞恥と躊躇(ためら)いを振り切った。

「わたしは、たとえ手を引くのがわたしのためになるのだとしても、秋人さまにとって、決して捨てることのできないものになりたい……」

秋人の双眸(そうぼう)が、はっとしたように丸くなる。そして、次には切なそうに細められた。

「俺が鶴を手に入れたら、鶴は自由には飛べなくなるよ」

言葉では、鶴に逃げる言い訳を与えようとしながら、彼の鶴を抱き寄せる力は強くなっていった。抗(あらが)わず寄り添って、鶴は秋人に微笑みかけた。

「わたしには足があるので、大丈夫です。秋人さまが置いていこうとしても、走ってついてゆきます」

鶴が言うと、秋人は一瞬だけ言葉を失った。ひとつ瞬き、まじまじと鶴を見る。

「……。鶴、口がうまくなったね」

最近、鶴もシロちゃんに似たようなことを言った。もしかして、シロちゃんと鶴は、だいたい同じ足並みで人らしくなっていっているのだろうか。何にせよ、理由ははっきりしている。

「秋人さまのおかげです」

「どうかなあ。お喋り(しゃべ)は上手になったけど、もともと、鶴は、俺の思いもよらないことを考えてる。驚かされるばかりだよ」

思いもよらないことを考えているのは秋人のほうだ、と鶴が言う前に、秋人は鶴の頭に手を添え、鶴を丸ごと包むように抱きしめた。

「ねえ、鶴。普通なら、きっと、とても難しいことだったのに……、俺を信じていてくれて、ありがとう」

「！」

秋人の声と、優しくも締めつけるような力加減に、鶴は、今回のことだけを言っているのではないと感じた。不気味な出来事のために人を遠ざけざるを得なかった秋人を思いうかべ、彼が怖(おそ)れるものを受け止めることができてよかった、と思う。

秋人も、そして鶴も、もう二度と、ひとりぼっちには戻らない。

そうっと彼の背中に手を回し、自分から身を寄せて、温かさを感じる。秋人も、鶴の体の熱を感じてくれているといいな、と思った。

終章　あなたと、新しい日々を

鶴と秋人の婚約は、戸田の口添えもあって、無事受理された。

父親から連絡があったのが夏休みに入ってから少ししたころで、鶴は夕方に仕事を終えた秋人と連れ立って実家を訪れ、宮内省からの返信を受け取った。

連絡が来たのは、鶴がひそかに、できればこの日に間に合えばいいと思っていた日付の前日だったから、少々ひやひやさせられて、そのぶん安堵も大きい。義母が夕飯を食べていかないかと誘ってくれたのを、事前に断っていたのも、その日付が今日だからだ。

「大丈夫だとわかってはいたけれど、やっぱりほっとするね」

「なんだか失礼な条件付きでしたけど……」

宮内省からは、鶴と秋人の婚約を承認するにあたって、ひとつ条件がついていた。

秋人が、鶴の身分にふさわしい品格と地位を保ち続けること。

鶴にしてみれば、そんなものなくたって秋人がいいのに、というところだが、公には、そういうわけにもいかないのだろう。

「大切なものを守れるなら、何を捨てても惜しくないよ」

出し抜けに秋人が言った。鶴がぱっと彼を見上げると、秋人は柔らかな微笑みをうかべて、夏の長い夕暮れどきの生ぬるい風に吹かれている。鶴と目を合わせ、いっそうその笑みを深くした。

「秋人さま……」

「と、思っていたのだけれど、鶴と結婚するためには、地位やら財産やら何やらいろいろと、絶対に捨てられなくなったな……」

秋人は困ったように言いながらも、その声音には、嬉しそうな気配が滲んでいた。

もしかして、秋人のこういうところを知っていて、わざと付け足された条件なのかも。

鶴は秋人と息の合った会話を繰り広げる戸田の顔を思いうかべ、たぶんそうだ、と思った。

「今後、秋人さまが何かを捨てようとなさるときは、わたしを捨てようとするものと思って、大事にしてください」

「すごい脅しだな」

秋人も、自分で言うくらいには、付けられた条件の意図に気づいているふうだった。鶴と繋いだ手を揺らし、一度目を伏せて、ふたたび上げた視線を鶴のものと合わせてから、「心するよ」と言った。その言葉は曇りなく、まっすぐ響いた。

秋人に笑顔でうなずき返しつつ、鶴の心は、はやくもこのあとに待ち構えている出来事を思い、また落ち着かない心地になってゆく。

鶴が、この日に間に合えばいいなと思っていた理由。義母の誘いを断ったわけ。

それは、明日が秋人の誕生日だからだ。

姓が冬、名が秋、生まれたのが夏と、秋人は「あとは春だけ」などと言って笑う。鶴はずいぶん前から、その日をどう祝おうかと頭を悩ませ続けてきた。駒子と街に出たときだって、探していたのは秋人への誕生日の贈り物である。

ようやっと選んだもののことを考えていると、心臓が逸る。友人たちは絶対に喜んでもらえると太鼓判を押してくれたけれど、鶴の心は、落ち着こうとする鶴を無視して、勝手に大騒ぎするのでどうしようもない。

「鶴？」

「あ……少し、友人たちのことを、考えていました」

「夏休みに入って、会えなくて寂しい？」

「……少し。でも、休みがあけたら夏の思い出をお話しすることになっているので、たくさん、思い出を作らないといけないのです」

友だちのことを思い起こすと、鶴の口元には照れた笑みがうかぶ。学期最後の一週間、終業式まで、鶴は教室で大変な目に遭っていた。

登校すれば、秋人との話をねだられる。中には何回も繰り返し同じ出来事の話を聞きたがる子もいて、鶴は決してそういうことを平然と口にできるたちではないから、休み時間のたびごとに真っ赤になった。

駒子は、鶴が打ち明けたときにむくれて三十回くらい鶴の頬をつつきまわしたあと、けろりと笑って「おめでとう」と言ってくれた。これから先もずっと、お互い結婚しても、おばあちゃんになってもお友だちでいようという約束を条件に。

驚いたことには、駒子にとって、秋人は「いいわね」と思う男性ではないらしい。そんなことがあり得るのかと驚愕（きょうがく）した鶴を一瞥（いちべつ）し、駒子は、「ほんと一途ねぇ」と感心したように言っていた。

そして何より一番苦労したのは、誕生日の贈り物についてだ。

友人たちにも知恵を貸してもらったものの、鶴にはお金はないし、裁縫や料理という手も使えないしで、友人たちともども頭を悩ませる羽目になった。鶴が、いっそ今年は諦めて来年以降頑張ろうとすると、彼女たちは総出で止めてきて、三人寄れば文殊の知恵というのに、十人くらいで頭を寄せた。それでも追い詰められかけたとき、輪の中のひとりが、教室の後ろの壁の掲示物を見て、友人たちいわく『これ以上なく素晴らしい答え』にたどり着いたのだった。

用意したそれのことを思い浮かべると、鶴の頬には勝手に血がのぼる。

「夏休みの思い出は、何がいい？」

「何でもいいのです。秋人さまと一緒にいて、楽しかった出来事を、今年の夏休みの思い出にします」

「可愛(かわい)いこと言うね」

「あぅ……だって、秋人さまと一緒の、初めての夏休みですから」

恥ずかしくなってつい立ち止まりかけても、手を繋いでいる秋人が歩き続けているから、鶴も自然とついていくことになる。

そうやって家に帰り着いたのは、夏の遅い日没がやってくるほどの時刻だった。

少し遅いけれど、夕飯の準備に慌てる必要はない。夏休みに入って学校がなくなった鶴は、日中、ゆっくりと時間をかけて、お裁縫や、秋人に習った料理をおさらいして過ごしている。今日は実家に向かう前に、下ごしらえを済ませていた。

鶴が用意した食材を、秋人と並んで調理していく。もうすっかり慣れたことなのに、このあとのことを考えては、秋人を強く意識してしまって、ふわふわと落ち着かない気持ちになった。

きっと、秋人は気づいていただろう。

それでいて、夕食のあと、明らかにいつもと違う様子で彼を呼び止めた鶴に、いつもと変わりないでいて応じてくれた。

食堂のテーブルに、いつかのように横並びで腰かけ、椅子を斜めにして互いの顔を見つめあう。

鶴はどきどきするあまり震える指先で、洋ものの浅緑色の封筒を差し出した。

「……秋人さま、あした、お誕生日でしょう。あしたの朝はお仕事でお時間がないから、でも、わたしが一番にお祝いを言いたくて……」

頬を淡く薄紅色に上気させた鶴の目を見つめたまま、秋人が鶴の手をたどって、封筒を受け取った。

「これ、今開けてもいい？」

「はい。そうして、ください」

秋人が封はされていない封筒のふたをめくり、中身を取り出すのを見ているとき、心臓が飛び出してしまわないのが不思議なほど、鶴の胸を内側から叩いていた。秋人は封筒の端もていねいに指で伸ばし、ゆっくりと中身を引っ張り出す。

「……これは、鶴が描いたの？」

「…………」

口を開けば心臓が転げ落ちそうだったから、鶴は唇を結んだままうなずいた。

封筒の中身は、便せんではなく、ポストカードだ。

水彩絵の具で彩色された夕暮れ色の薔薇が一輪。

「わたしの、思い出のなかのものだから、あの日、いただいたものそのままではないかもしれませんが、ずっと、憶えています。秋人さまにも、憶えておいていただきたくて……」

記憶は薄れてしまうものだと知っている。母の思い出は、鶴が大事に胸に仕舞っておくだけのものだった。けれどもし、誰かと分かち合いたいと思ったときに、それをほんの少し叶えるすべを、鶴は持っていた。

「鶴、こんなに上手に絵を描けるのに、どうして教えてくれなかったんだい？」

「学校の課題で描くだけで、全然、考えたこともなかったんです。……だけど、友だちが、わたしは絵が上手よねって、教えてくれて」

秋人はよほど驚いたのか、微笑みをなくして目を丸くしながら、鶴の渡したポストカードの薔薇を眺めている。

初めて会った日に、秋人が鶴にくれた薔薇。たぶん、あのときのそれは、秋人にとっても、鶴にとってもたいした意味を持たない花だったけれど、鶴はそれを今日になっても大切なものとして、記憶のかたすみにそっと置いている。そのままだったらいずれは色褪せてしまっただろうが、友だちが気づかせてくれて、鶴はこうして描き出した。

完璧な再現ではありえなくても、思い出の手がかりとして、長く鮮やかに残ってほしい。出会えたことをどれほど鶴が嬉しく思っているか、見るたびに思いを馳せてくれたらいい。

そういう思いを、心を尽くして込めた。

「ありがとう、鶴」

秋人は幸せそうだった。鶴はうなずくだけで精いっぱいで、というのは、まだ終わりではないからである。

鶴が告げようとしたとき、秋人が何気なくポストカードを裏返し、固まった。


新婚旅行で、秋人さまの行きたい場所は、どこですか

鶴の文字をじっと見下ろしたまま動かない秋人に、鶴は声を詰まらせながら問いかけた。

「しん……こん、旅行、の、行き先、一緒に考えてくださいませんか。秋人さまの行きたいところを、知りたいです。秋人さまが興味のあるもの、見てみたいもの……。わたしも、それを秋人さまと一緒に、見に行きたいです」

秋人が鶴に目を向ける。その瞳を見つめ返して、それから、と続ける。

「旅行の行き先だけじゃなくて、秋人さまのお好きなもの、嫌いなもの、やってみたいこと……たくさん、教えてください。わたしは秋人さまが初めてなんです。家族になろうとするのも、シロちゃんのことも、こうして、たくさんお話しするのも」

じっと見つめられていると、少しずつ鼓動が速くなってゆく。強く脈打つ心臓は、胸に

響き渡り、鶴の声を震わせる。

「だから秋人さまといると、わたしは上手にできないことを、たくさん見つけてしまいます。それは情けなくて、苦しいけれど、でも嬉しかったんです。苦しいのは、秋人さまがいてくださるからだから」

誰かのためにに何かがしたくて、できない自分に落ち込んでしまう。そんなことさえ、何かをしたいと思わせてくれる誰かがいてくれなければ、手に入れられない気持ちだ。

鶴は秋人がいるなら、その苦しささえも幸せのひとつのように思える。

「わたし、秋人さまのおそばで、できないことを見つけて、できるようになってゆきたい、です」

そうして、一緒に暮らしてゆきたい。

秋人が封筒とポストカードをていねいにテーブルに置いて、温もりを探すように、膝の上にあった鶴の手をつかまえた。

「こんなに嬉しいことがあるなら、毎日が誕生日だったらいいなって思ったけど、そうしたら俺の心臓は嬉しすぎて止まってしまいそう」

「嬉しいこと、できれば毎日、いっぱい、差し上げたいので、心臓が止まりそうになったら、それも教えてください」

鶴の言葉に、秋人が笑いをこぼす。鶴はその顔を見て、次いで、彼の胸元に視線を落とした。そうっと、そこに手を伸ばす。触れるのは勇気が要ったけれども、思い切って、指先が届くまで手を止めなかった。

肌ざわりのよい柔らかなシャツの布地の下に秋人の体の硬さを感じて、その奥から、湧き水のようにかすかに鶴の指を押し返すものがある。鶴が自分の胸にも手を当ててその速さを比べようとしたら、秋人が互いの心臓を重ねるように、鶴を抱き寄せた。

体の奥深くにあるものの感触はほんのわずかで、鶴は、今自分が感じているのが、本当に秋人の鼓動なのか、それとも自分のものなのか、あるいはまったく違う何かなのか、実はよくわからなかった。秋人のものかもしれない、と、そう感じられる秋人の腕の中が、世界中のどこより満ち足りた場所だと思う。

「止まらないで、ちゃんと、ずっとここにいてね……」

「何に話しかけてるの、鶴」

秋人が笑うと、笑い声よりもその音の振動、体の震えが、鶴に強く伝わってくる。

「言うなら俺に言ってよ。鶴が俺の心臓や、血の一滴まで、全部欲しいっていうならあげる」

「全部、ちゃんと、あるべき場所に置いておいてください」

秋人の声がいやに真剣なので、鶴はすぐさま言い返した。それから思いなおす。

「もし、わたしがそれをわたしのものにしたら、秋人さまはわたしのものだと思って、捨てようとしたりしなくなりますか？」

「そうだね。鶴のものだったら、捨てられないな」

「だったら、わたしにください。わたしは何も捨てられない人間だから、秋人さまの大切なものも、もう二度となくしません」

「いいよ」

こんなことは、どれほど言い交わしたところで言葉だけだとわかっている。

でも約束があることで、そのために頑張ることもできる。

鶴が、今しがたもらったばかりの秋人の体をぎゅっと抱きしめてみると、秋人が嬉しそうに鶴を丸ごと彼の胸におさめて、結局、秋人を捕まえたつもりが、鶴が捕まったみたいになってしまった。

「鶴にあげるから、ずっと、大事にして」

鶴のことをいつもとても大切にしてくれるひとが、祈るように言うことがそれなのは、鶴には、なんだか切なかった。

「秋人さまが、わたしにしてほしいことは、それだけなんですか？」

「うん？」

「大事にするのは、あたりまえです。わたしは秋人さまのことがとても大事だから、秋人さまがお願いしなくても、大事にします。ほかには、何かありませんか？」

鶴の顔を見るように少し体を離した秋人は、その後の鶴の言葉でしばらくぽかんとし、そして、吹き溜まりの花びらが風を受けたときのように、やわく、崩れるような笑みへと変わってゆく。

「鶴」

呼ばれて少し仰向いた鶴のまぶたに、秋人が慈しんで唇を落とす。鶴が思わず目を閉じたら、その唇は、とても柔らかく、まるで指で触れたら壊してしまうからとでも言うように、優しく鶴の唇に触れた。

「！」

あまりに優しかったから、その口づけは、鶴にほんのわずかも逃れようという気を起こさせなかった。鶴の羞恥も警戒もうまく躱して、秋人の歓びと愛情だけを鶴に伝えた。

「俺も、鶴と一緒に生きていくのは初めてだから、してほしいことも今すぐには思いつかないんだ。だから、一緒に見つけてほしい。……あ、これがひとつ目のしてほしいこと、だね」

秋人の目もとが赤くて、いつもよりいっそうまなざしが温かかった。温かいを通り越して、本当は熱いくらいなのかもしれないけれど、鶴は、どこまでも温かいと感じる。ほどよくて、いつまでもずっと触れていられる。

「はい。一緒に……」

鶴は、好きなものをまたひとつ、見つけた。

秋人と一緒、は、好きな言葉だ。

夜が深まってゆき、鶴は、そろそろ秋人に就寝の挨拶をして別れなければならない。

離れがたいけれど、あしたになればまた会える。日付が変われば、新しい一日がやってくる。

そのいくつもの新しい始まりを、秋人と迎えてゆくことができる幸せ。それを胸いっぱいに感じながら、鶴は秋人に華やいだ笑みを見せた。

「秋人さま。少し早いけれど、お誕生日、おめでとうございます」

「ありがとう。これからもよろしくね、鶴」

新しい一年が、始まろうとしていた。

あとがき

「おめでとう！　社会性が　たまごから　孵った！」

　一巻ラスト、本人は希望でいっぱいだけれど、実情は生まれたてほやほやだった鶴。彼女がぴよぴよ歩きはじめた今回、ずいぶんと書けるものが増えました。このお話は基本的に彼女の視点で進むので、鶴に見えないものは書けないのですが、その肝心の鶴が、たまごか、よくてぴよぴよなものだから、私にとっては強烈な制約です。だからこそ、ちょっとずつ成長していく鶴の世界を書くことができて、とても楽しかったです。

　世界観の醍醐味のひとつ、大正ロマン（風）景色や小物類なども書いていて楽しいところで、鶴が活発になった分、そのあたりも増やしています。また今回、鶴の衣装を生成しました。当時は無かったかもしれませんが、ファンタジー帝都なので。

　去年の秋～冬ごろ、街でロングコート×たっぷりした生地のロングスカート×ブーツのコーディネートをよく見かけて、コートの裾からのぞくスカートが翻るところなど、もうとっても素敵で、普段袴姿の鶴にはハマるんじゃないかなあ、とかぼんやり思っていたんです。だからお出かけシーンを書くとなって、意気揚々と袴を変形させて着せました。

　さて、ここで表紙をご覧ください。想像って現実になったりするんだなあ。実は、現時点では、まだラフを拝見した段階なのに、もう鶴が私の想像を超えて可愛い……。

　これからもたくさん夢を見て生きていこうと思います。

　そんな、夢のような表紙イラストは、今回も凪かすみさまにご担当いただいています。本当に嬉しく、ありがたく思います。私が言うことかわかりませんが、みなさまも、ぜひ、隅々までご堪能ください。

　また、たまごスタートではない分鶴よりマシ、くらいのレベルでぴよぴよ言っている私を引っ張ってくださった担当編集さまはじめ、編集部のみなさま、校正・校閲をご担当いただいたみなさま、誠にありがとうございました。

　それから、この一冊が出来上がるまでに、私にはわからないくらいたくさんの方々にお世話になっているのだと思います。そのすべての方々に、心から感謝致します。

　そして、この本をお手に取ってくださった方。本当にありがとうございます。楽しんでいただけたら嬉しいです。

　あと、いつも励まし応援してくれる友人たち、私が事あるごと泣きつくのに付き合ってくれる仲間たち、いつもありがとう。また夜通し遊ぼうね。徹夜で泣きごとに付き合えという意味ではありません。

　それでは、またお会いする機会があることを願って。

崎浦和希

帝都(ていと)の鶴(つる)　二
小(ち)さな幽霊(ゆうれい)と微笑(ほほえ)みの嘘(うそ)

崎浦和希(さきうらかずき)

2023年8月15日　初版発行

発行者　山下直久
発　行　株式会社 KADOKAWA
〒102-8177　東京都千代田区富士見2-13-3
電話　0570-002-301（ナビダイヤル）

印刷所　株式会社暁印刷
製本所　本間製本株式会社
装丁者　西村弘美

定価はカバーに表示してあります。　◇◇◇

●お問い合わせ
https://www.kadokawa.co.jp/（「お問い合わせ」へお進みください）
※内容によっては、お答えできない場合があります。
※サポートは日本国内のみとさせていただきます。
※Japanese text only

ISBN 978-4-04-075079-8 C0193